KB059730

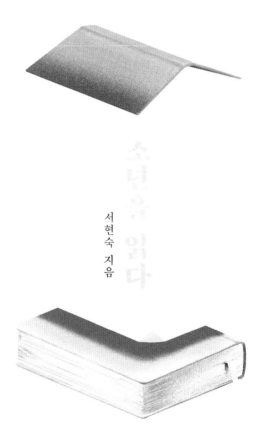

소년을 읽다

서현숙 지음

(주)휴머니스트

그 시절, 우리는 서로에게 절대적인 존재가 아니었을까.

갇힌 소년이 만날 수 있는 세계라고는 소년원이 전부였다. 소년원 내의 교사나 친구들이 소년이 만날 수 있는 '모든 타인'이었다. 소년은 나를 통해서야 낯설고 새로운 세계를 만났다. 실은 '책'을 통해서였다. 책에 담긴 다양한 시대의 흥미로운 서사에 소년의 귀가 솔깃했다. 이야기를 읽는 동안 소년은 도깨비와 내기 씨름을 하는 사람이 되었고,[*] 사랑하는 소녀에게 밤새도록 한쪽 어깨를 내준 소년[**]이 되었다. 이탈리아를 여행하고, 레스토랑 주방에서 요리를 배우기도 했다.[***]

책을 펴면 낯선 세계로 달려갈 수 있고, 다른 존재로 변신

[*] 성석제, 『징기와 주유소 씨름 기담』
[**] 알퐁스 도데, 『별』
[***] 박찬일, 『지중해 태양의 요리사』

할 수 있었다. 그리하여 소년은 자신의 일상 너머의 것을 조금은 욕망할 줄 알게 되었다. 이러한 변신과 욕망 사이에 책이 있었다. 나는 그 위대한 책들을 소년의 손에 건네는 사람이었다.

대단할 것 없는 몇 번의 납작한 건넴이었지만, 소년은 나에게 바윗덩이만큼 육중한 신뢰를 보냈다. 당신 덕분에 책을 좋아하게 되었고, 이렇게 재미있는 책이 많은 줄 처음으로 알게 되었다고. 세상에 나가서도 책을 계속 읽고 싶다는 말들이었다. 어디에서도 경험하기 힘든 절대적인 신뢰이자 지지의 말들이었다. 소년이 나에게 선물한, 내가 소년에게 필요한 사람이자 의미 있는 사람이라는 존재감에 기대어 일 년을 살아냈다.

사람을 살아가게 하는 힘은 '사람'이다.

2021년 1월.
서현숙

여름

가을

겨울

1.

일 년 동안 소년원에서 국어수업을 했다. 중학교를 마치지 못한 학생들이 참여했고 이 수업은 '의무교육단계 미취학·학업중단학생 학습지원 시범사업'의 일환이었다. 긴 이름을 가진 사업을 간단하게 말하면, 의무교육(초등학교, 중학교)을 마치지 못한 학생이 졸업할 수 있도록 도와주는 교육부 사업이다. 검정고시와는 다른 방법으로 학력을 인정받는 제도다.[※]

공립학교에서 국어 교사로 근무하면서 소년원에서 수업을 하게 되리라는 상상은 해본 적이 없다. 소년원 국어수업을 제안 받았을 때 '수업이 가능하겠어?'라는 생각이 먼저 들었다. 학교에서 만난 아이들 중에 도무지 어떻게 해볼 수 없는 통제 불가능, 소통 불가능의 학생들이 거기에 모여 있겠지 하는 단

순한 짐작이었다. 하지만 소년원에 있는 학생이 학업을 이어가고 마칠 수 있게 거든다는 취지에 마음이 끌렸다.

소년원 수업을 하기로 결정하고도 마음이 그리 편안하지 않았나 보다. 아이들을 만나기 전날 밤, 꿈을 꾸었다. 덩치 큰 아이들이 나를 마뜩잖은 표정으로 꼬나보는 꿈. 내가 "얘들아, 책 읽어볼까?" 했더니 어떤 학생이 사나운 얼굴로 "읽기 싫은데요."라고 말하는 꿈. 아이들이 입을 열면 입에서 욕이 연달아 튀어나오는 꿈. 내가 책장을 넘겨도 넘겨도 글자가 안 나오고 백지여서 나의 얼굴빛이 백지장이 되는 꿈. 소년원에 들어간다는 생각, 소년원 아이들을 만난다는 생각만으로도 긴장하고 겁먹었던 거다.

소년원에 들어섰을 때 두 번 놀랐다. 우선 구조나 생김새가 일반적인 학교와 완벽하게 같다. 태어나서 한 번도 방문해본 적 없던 소년원은, 나의 머릿속에서 미지의 장소이기는 하지만 적어도 학교의 모습은 아니었다. 나는 아마 감옥 또는 수용소의 모습을 상상했던 것 아니었을까. 학교와 구별하려는 노력 자체가 무의미할 정도로 소년원과 학교는 같다.[**] 두 번째 놀란 것은 소년원 특유의 냉기였다. 철창이 내는 소리를 반복해 들으며 교실에 이르면 차갑고 무거운 철창 소리가 가슴에 계속 울린다. 마음의 온기는 이미 사라지고 난 뒤다.

[**] 소년원은 교정과 교화를 목적으로 하는 교육기관(법무부 소속 특수교육기관)이다. 그래서 'OOO학교'라는 이름을 가지고 있다.

2.

지금은 소년원 수업을 하고 있지 않다. 지난 일이 되었다. 돌이켜보면 소년원에서 만났던 아이들은 나의 '두려움'에 미치지 못했다. 덩치가 크지 않고, 오히려 왜소한 아이들이 많았다. 학교에서 만날 법한 평범한 아이들이 더 많았다. 자라온 가정환경이 안온安穩하지 않은 아이, 소년원에서 형기를 마치고 나가도 마땅히 돌아갈 집이 없는 아이, 극심한 가정폭력을 경험한 아이도 있었다.

소년들은 대체로 자신이 저질렀던 잘못을 후회했다. 소년원에 갇힌 지금의 시간을 반복하고 싶어 하지 않았다. 이 시간이 자신의 삶에서 삭제되기를 바라는 마음. 내가 만난 아이들의 공통된 희망이었다. 수치스러움, 미안함, 후회의 감정을 온전히 지닌 소년이었다.

이 책을 내기까지 머뭇거렸다. 나는 일 년 동안 주 1회, 두 시간씩 수업을 했을 뿐이다. 소년원 아이들과 밀착된 생활을 하지 못했고 그들의 생활을 속속들이 알지 못한다. 어설픈 경험으로 세상에 책 한 권을 내놓는다는 것이 부끄러웠다.

소년원 생활관 환경을 개선하겠다는 법무부의 계획에 관한 기사를 본 적이 있다. 댓글이 여러 개 달려 있었는데, 댓글에서 소년원 아이들은 사회의 악惡이었다. "남에게 고통을 준 놈이 열악한 환경에서 지내는 것은 당연하다. 벌 받는 놈이 발 뻗고 자면 안 된다. 소년원에 들어가는 세금이 아깝다." 이런 내용이 대부분이었다. 나는 깜짝 놀랐다. 머리털이 쭈뼛 섰다.

추상적인 생각 속에서 소년원에 있는 아이는 '얼굴을 모르는 범죄자'다. 타인에게 해를 끼치고, 고통을 준 후안무치厚顔無恥의 범죄자. 나는 추상적 존재가 아닌 현실에 존재하는 소년을 만났다. 소년은 타인에게 고통을 가한, 범죄를 저지른 사람이면서 동시에 구체적이고 개별적인 삶의 맥락을 지닌 존재였다. 사람이라면 누구나 그렇듯이 말이다. 쓰레기도 인간 말종도 아닌 그저 소년일 뿐이었다. 만나면 수줍게 웃고 시를 외울 때면 눈빛이 순해지는 소년. 자신이 읽은 책의 작가를 만나기 전에는 설레고, 작가를 만나면 궁금한 것을 물어보느라 수다쟁이가 되는 학생이었다.

내가 만난 아이들은 영혼의 뿌리까지 어쩌지 못하게 병든 존재는 아니었다. 말간 얼굴과 순진한 마음의 결까지 돌이킬 수 없게 파괴되고 망가지지는 않았던 거다. 내가 만난 소년들의 이야기를 세상에 들려줘야겠다는 용기를 내게 된 까닭이다.

3.

일 년 동안의 수업 일기를 다시 읽어보았다. 나는 그들의 삶 얼마나 깊숙한 곳까지 걸어 들어간 것일까. 나의 말은 소년의 마음 어디까지 가닿아 도착한 것일까. 확인한 바 없다. 소년들에 대한 나의 이해는 피상적이고 한계가 뚜렷했다.

그럼에도 지난봄의 '나'는, 계절이 세 번 바뀌고 난 뒤의 '나'와 달랐다. 사계절에 걸친 일기도 매번 비슷한 것 같으면서도 달라졌다. 그 사실을 뒤늦게 알아차렸다. 소년의 성장

기록이라 부르기는 어렵지만 나의 성장 기록이라 부를 만은
했다.

　사람과 사람 사이에 책이 있는 만남, 책이 마음과 마음을
잇는 다리가 되는 만남, 이런 만남의 힘이 무르지 않다는 것
을, 단단하다는 것을 머리 아닌 가슴으로 알게 되었다. 이 기
록의 한계는 한계대로 남겨둔다. 빈 곳은 억지로 메우지 않고
구멍으로 비워둔다. 한계와 빈틈을 비집고 나오는 물음표에
의미를 두고 싶다. 이 책을 읽는 당신이 나의 미미한 변화를
알아준다면, 사회에 물음표 하나 던져준다면 기쁘겠다.

17세의 소년이 '먹고사는 일의 급급함'을
세 번이나 반복해서 말했다
이 생각은 강하게 뿌리 박혀
삶의 영향이 있는 것이 마땅하겠다
그 마음이 역사를거

첫 만남

철컹철컹, 무거운 철창을 대여섯 번 통과해서 교실에 도착했다. 교실이라고는 하지만, 학교 교실의 절반도 안 되는 크기이다. 4인용 좌식 테이블 서너 개, 소년원 직원용 책상, 스탠딩 형의 냉난방기, 주말 종교 집회를 위한 종교 기물들이 전부다. 미적인 것을 고려한 공간은 없다.

교실에 들어가니 일곱 명의 소년이 좌식 테이블 주위에 앉아 있다. 내가 가게 된 소년원은 남학생만 있는 곳이다. 현실에서 만난 소년원 학생은 덩치가 크지도, 눈빛이 반항적이지도, 나를 꼬나보지도 않았다. 그러니까 전날 밤 나를 악몽에 시달리게 했던 '험상궂은 학생'의 모습은 아니었다. 미처 예상하지 못한 것은 손등부터 팔, 뒷목까지 이어진, 아마 등까지 펼쳐져 있을 대형 문신이었다. 흠칫했다. 일상에서 작은 문신은 흔하게 접하지만, 몸의 넓은 면적에 그려지고 채색된 온갖 물고기나 용 그림의 문신은 낯선 까닭이다.

우리는 금요일마다 만나서 두 시간씩 국어공부를 하게 되었다. 나는 아이들과 함께 책 읽는 수업을 하려고 책을 열 권 준비해 갔다. 고심해서 고른 목록이었고, 대한민국 청소년이라면 누구나 재미있게 읽을 것이라고 확신하는 책들이었다.

"읽고 싶은 책으로 한 권씩 골라볼래?"

학생들은 얼른 한 권씩 선택했다.

"한 권 다 읽으라고 하면 싫지? 오늘은 열 장만 읽을 거야. 어때? 부담 없지? 열 장만 읽고, 마음에 드는 문장 하나만 옮겨 적어보자."

나는 자신만만했다. 내가 골라 온 책들은 틀림없이 재미있을 거야. 열 장을 읽고 문장 하나만 적는 일은 부담 없는 일일 테고. 아이들은 책 읽는 것이 괜찮은 일이라고 여기게 되겠지.

책을 펼친 지 1분 정도 지났을까? 한 학생이 "선생님, 저 다 읽었어요." 하자, 너도나도 "저도요.", "저도 다 읽었어요." 한다. 2분도 안 걸렸다. 모든 학생들이 2분 안에 20페이지 읽기를 마쳤다.

"어…, 벌써… 다… 읽었어? 그러면… 마음에 드는 문장도… 적어볼래?"

놀랍게도(?) 모두 문장 하나씩 골라서 적고 발표도 했다. 이 역시 신속하게 이루어졌다.

책읽기가 안 되는 학생들이었다. 묵독을 하면서 책의 세계에 빠지는 것이 어려운 학생들이었다. 수업시간인 데다가 교사가 하라고 하니 시늉이라도 내면서 최대한 협조만 했던 거다.

수업을 끝내고 다시 철컹철컹 소리를 들으며 소년원을 나왔다. 처음 만난 아이들과의 수업. 2분 만에 책 20페이지를 읽어내는 초능력 소년들과 만났다. 소년들이 초능력을 발휘하지 않을 독서 방법은 무엇일까.

첫 수업은 이렇게 실패했다.

초능력 발휘하지
않을 거지?

김동식 작가의 짧은 소설 「스마일맨」을 준비했다. 지난 수업 때는 '읽기' 자체가 이루어지지 않았다. 오늘은 어떻게 해서든지 읽기에 성공해야 한다. 오늘도 소년들이 읽는 일에 초능력을 발휘한다면 나의 수업은 길을 잃을 것 같다. 각자 묵독하는 방법 대신 한 쪽씩 돌아가며 소리내어 읽기로 했다. 아이들이 잘 읽을까. 소설 읽는 것을 흥미로워할까.

다행히, 정말 다행히 아이들은 읽었다. 읽고 나서 이런 평도 들려주었다.

"선생님, 이 소설 엄청 기발하네요."

"김동식 작가님이 쓴 다른 소설도 읽어보고 싶어요. 너무 재미있어요."

열심히 읽는 모습을 보니 읽지 않으려는 저항감으로 똘똘 뭉친 아이들은 아니었다. 읽기에 익숙하지 않고 능숙하지 않앉을 뿐이었다. 돌아가면서 낭독하니 각자 속으로 읽는 것보다 잘 읽는다.

당분간 우리는 서로에게 책을 읽어주는 사람들이 되겠구나.

젤리를
먹고 싶어요

우리는 조금 친해졌다. 내가 교실에 들어서면 아이들은 앉아 있다가 교실 입구로 얼른 뛰어나온다. 내 짐을 들어주며 씩씩한 목소리로 "안녕하세요!" 인사를 한다. 수업 시작하기 전, 10분 정도 간식을 먹으면서 일주일 지낸 이야기를 나눈다. 좌식 테이블을 두세 개 이어붙여 놓고 삥 둘러앉아서 공부한다. 서당의 모습을 생각하면 얼추 비슷할까.

아이들은 아쉬운 것이 많다. 소년원이 바깥세상과 격리되어 있기 때문이겠지. 소년은 과자를 먹고 싶어 하기도 하고, 젤리를 먹고 싶어 하기도 한다. 금요일이 다가오면 나는 조금씩 간식을 사들인다. 도운이를 위해 초콜릿을 사고, 근철이를 위해 젤리를 산다. 이런 것을 먹고 싶어 하다니…. 아직 어른이 아니네. 덜 자란 아이다. 선생님, 꼬북칩이 너무 먹고 싶어요. 이렇게 말하는 강준이가 귀엽다. 묘하게 마음이 짠해져서 꼭 사다주고 싶어진다.

격리라는 상황은 작은 것에도 환호하게 만든다. 아이들이 성실하게 공부할 때마다 작고 예쁜 스티커를 엽서에 붙여주고 싶었다. 유치한 장난 같지만 꾸준한 노력을 어떤 방식으로든 가시화하는 것은 공부하는 사람을 북돋는다. 그렇다고 믿고 있다. "내가 이렇게 열심히 해왔어." 아이들에게 뿌듯함을 선물할 수 있는 어렵지 않은 방법이다.

처음 스티커를 꺼낼 때 나는 머뭇거렸다. 중학교를 마치지 못한 남학생들이라고는 하지만, 십대 후반의 아이들이다. 심지어 22세 학생도 있다. 나는 조심스럽게 머뭇거리면서 말을 꺼냈다.

"너희 열심히 공부할 때마다 엽서에 이거 하나씩 붙이면 어…때…? 나중에 많이 붙인 친구에게 선물도 주려고 하는데…. 이거 하다 보면 재미있다. 보람도 있어."

"우릴 뭘로 보고!", "에이, 그런 거 유치해서 안 해요!" 아이들이 이러면 어쩌지 했는데 대답은 "좋아요!"였다. 그것도 흔쾌하게.

스티커를 붙여주니 살짝 좋아하는 것이 아니라 "우아!"를 외치며 좋아한다. 스티커를 줄 때마다 나는 "너 닮은 것으로 골랐어." 한다. 아이들은 농담인 줄 알면서도 스티커를 받을 때마다 유심히 들여다본다. 자기가 받은 펭귄, 물개, 개구리, 기린, 이런 것들 어디가 자신과 닮았는지 골똘히 생각하는 표정이다. 자신에 대한 관심을 싫어하는 사람은 아무도 없다.

지난주에는 아이들이 "선생님, 걸그룹 스티커 한 번만 붙여주시면 안 돼요?"라고 어렵게 말을 꺼냈다. 문구점 몇 군데를 가보았지만, 걸그룹 스티커는 어디에도 없었다. 대체품으로 공주 스티커를 가지고 가서 붙여주었더니, 아이들이 빙긋

이 웃는다. 선생님의 정성만큼은 인정하겠다는 표정이다. 나는 스티커 대신 걸그룹 사진 엽서를 가지고 갔다. 나와 눈을 맞추고 지금까지 배운 시 세 편을 모두 외우면 한 장 주겠다고 했더니 너도나도 열성으로 외운다. 걸그룹 엽서 한 장 얻겠다는 일념으로 말이다. 시를 외우며 소년이 나와 눈을 맞췄을 때 나는 조금 두려웠다. 소년의 눈빛에서 어둠을 읽어내면 어쩌나. 차가움, 무관심, 무기력을 보면 어쩌나. 이런 두려움이었다. 처음으로 나와 눈을 맞추고 시를 외운 아이는 강준이였다. 눈을 들여다본 순간 놀랐다. 눈이 아직 아이였다. 어른 아닌 소년의 눈빛이었다. 강준이의 눈빛이 흔들리고 있다. 다른 이의 눈을 보는 것이 어색한 걸까. 아니면 시를 외우다가 틀릴까 봐 긴장한 걸까.

우리는 짧은 글을 쓰고, 시를 한 편 외우고, 한자성어 두어 개를 익히고 나면, 단편소설을 읽는다. 소설을 읽기 시작할 때는 조금 산만하다가 이야기에 푹 빠지는 순간이 찾아온다. 몰입의 공기가 느껴진다. 그럴 때에 나는 경이롭다.

여기는 또 다른 세계구나.

사람이
바닥까지 추락하면

면회실로 가는 길목, 나무 팻말이 서 있다. 팻말에는 검은색의 두꺼운 궁서체로 '면회실'이라고 쓰여 있다. 오늘 아침에 보니, 팻말 바로 옆에 산수유꽃이 노랗게 피었다. 산수유꽃이 바람에 흔들릴 때 나의 마음도 같이 흔들, 한다. 면회실이라는 이름이 주는 아릿한 느낌. 만날 수 없음, 보고 싶음, 기다림. 그런 느낌 때문이겠지. 나는 올해 면회실로 가는 길목의 사계절을 보게 될 것이다.

나의 학생들은 이제 단편소설 한 편만 읽지 않고, 책 한 권을 온전하게 읽기로 했다. 몇 가지 책 중에서 아이들이 고른 책은 김동식 작가의 『회색 인간』이다. 우리는 둥그렇게 모여 앉아서 번갈아가면서 두어 페이지씩 소리 내어 읽었다. 책을 읽는 아이들의 모습은 '책에 코를 박고 있다'는 말을 흉내라도 내고 있는 듯했다.

「회색 인간」은 이런 내용이다. 지저地底 세계의 괴물들이 자신들이 살 세계를 만들기 위해 인간들에게 땅파기를 시킨다. 진흙 냄새가 나는 빵만 겨우 먹고 사는 인간들은 극도의 배고픔에 시달리다가 곡괭이 자루까지 먹는 지경에 이른다. 이런 상황에서 누군가가 노래를 시작했고, 그림 그리기와 소설 쓰기를 시작했다. 예술과 만난 인간들은 놀랍게도 다른 이와 빵을 나눌 줄 알게 된다. 회색 인간들은 더 이상 회색 인간이 아니게 된다.

이 소설에는 자극적인 표현이 군데군데 나온다. 머리가 수박처럼 터진다든지, 배가 고픈 나머지 내 아이의 귓불을 뜯어 먹고 싶은 마음이 들었다든지. 아이들이 이런 표현에 어떤 반응을 보일까. 혹시 예민하게 반응하지는 않으려나.

"작가가 이런 이야기를 왜 썼을까?"

우리는 이야기를 나눴다. 강준이와 주고받은 말.

"사람은 서로 위해주며 살아야 한다. 또 사람에게는 문화가 필요하다. 작가는 이런 말을 하고 싶었던 것 같아요."

"사람에게 문화가 왜 필요할까?"

"먹고사는 것에 급급해지면 마음이 차가워지잖아요. 그러면 문화를 누릴 여유도 없고요. 사람은 문화를 누릴 만큼의 여유는 있어야 해요. 먹고사는 일에 급급하면 서로를 위해주기도 힘들어요. 그래서 먹고사는 일에 급급해지면 안 되는 거예요."

17세의 소년이 '먹고사는 일의 급급함'을 세 번이나 반복해서 말한다. 이 생각을 강하게 하게 된 삶의 경험이 있는 것이 아닐까 싶다. 그 마음이 예사롭게 여겨지지 않았다.

아이들이 인상 깊은 구절을 발표하는데, 몇 명의 학생이 동일한 구절을 언급했다.

"사람이 바닥까지 추락하게 되면…."

"이 구절이 왜 인상 깊어?"

"지금이 저에게 그런 시간이에요. 바닥까지 추락한 시간."

아이들의 대답은 비슷했다.

사람은 자신의 처지와 관점에서 책을 읽는다. 연인과 헤어진 사람은 이별 이야기에 유난히 목이 멘다. 이별을 다룬 세상의 모든 노래 가사는 내 마음을 알고 쓴 것만 같다. 갇힌 사람에게는 자유의 이야기가 절절하다. 소년원에 갇힌 아이는 지금이 자기 인생에서 최악의 시간이라고 여긴 것이다. 그래서 유독 그런 표현이 마음에 들어와 얼음 송곳처럼 콕 박힌다.

아이들은 네다섯 줄의 짧은 글 쓰기를 했다. 주제는 '가장 슬펐을 때'. 모든 아이가 미리 짠 것처럼 같은 내용을 썼다. 소년원에 오기 전 재판 받을 때가 자신의 인생에서 가장 슬펐던 때란다.

"재판 받는 날이 그렇게 슬펐어?"

"선생님은 안 봐서 모르실 거예요. 갑자기 포승줄로 저를 묶고, 엄마는 막 울고, 어우, 정말 장난 아니에요. 10호 처분받 았을 때, 지옥행을 판결받은 기분이었어요."

'가장 기뻤을 때'를 주제로 하니, 이번에도 모든 아이가 같 다. 가장 기뻤을 때는 재판 받기 전의 삶이라고 한다. 재판은 아이의 일생에서 충격이고 큰 사건이었던 거다.

아이들에겐 재판 이전의 삶과 재판 이후의 삶이 존재한다.

에그,
에그타르트

간밤에 봄눈이 내렸다. 겨울옷을 다시 꺼내 입고 소년원으 로 가는 봄길. 기껏 핀 흰꽃들이 무색하다. 쌀쌀한 아침, 수업 에 가는 내 가방이 가뿐하다.

가뿐한 가방이 된, 사건 아닌 사건이 있었다. 그간 우리만의 재미난 놀이가 있었다. 내가 아이들에게 만화책을 일주일 씩 빌려주는 것이었다. 아이들은 저녁 시간에 별다른 놀이 도구가 없다. 핸드폰도 없다. 저녁에 만화책 보는 재미가 쏠쏠했을 것이다. 그런데 우리의 놀이가 제지당했다. 남들이 가지지 않은 책을 가지고 있는 것이, 소년원생 간에 갈등을 유발한다는 것이 이유였다. 규정에 어긋나는 일이라고 한다. 지난주, 나는 가지고 갔던 만화책을 도로 가지고 왔다. 은섭이는 소년원 담당 선생님에게 거친 감정을 그대로 표현했다. "에이, 선생님이 빌려주는 만화책 보고 돌려주는 것도 안 돼요? 너무해요!" 그러게. 저녁에 만화책 좀 돌려보는 일이 뭐 그리 심각하고 대단한 일일까. 소년원 방에서 만화책 때문에 싸움이 난다면, 바깥세상에서 그 많은 갈등에는 어떻게 대처하며 살 수 있을까.

수업에 가는 나의 가방은 가벼워졌지만 마음은 가벼울 수 없었다. 한 달간 쌓아온 우리의 우정, 의리, 이런 것들이 깨져버리면, 아이들이 날 반가워하지 않고 냉랭함이 흐르면 어쩌지. 소년원 직원의 감정보다 소년의 감정이 더 신경 쓰였다. 얼어붙었을지도 모르는 소년들의 마음을 녹이자. 나는 조금 특별한 간식을 준비했다. 에그타르트.

교실에 먼저 와 있는 강준이, 은섭이와 눈이 마주쳤다. 수줍게 웃으며 반가워한다. 이어서 들어온 아이들도 아무 일 없던 것처럼 인사한다. 휴우-. 아이들은 긴장했던 나의 마음은 알 리 없다는 듯 에그타르트 이야기만 한다.

"어우, 소년원에 와서 에그타르트는 처음 먹어봐요."

현식이가 이러니, 강준이가 하는 말.

"난 태어나서 처음 먹어봐."

시 스무 편 외우는 날
헤어질래요

아이들은 『회색 인간』을 재미있어했다. 미리 읽어 오지 않아도 되는데, 끝까지 다 읽고 왔다. 책날개에 소개된 김동식 작가의 다른 책들도 읽고 싶다고, 빌려줄 수 없는지 애절한 표정으로 묻는다.

나는 『회색 인간』에 실린 소설들을 미리 읽으면서 수업에 사용할 단편을 골랐다. 몇 년 전에는 이 소설을 그저 흥미롭게 읽었는데, 특수한 상황에 놓인 나의 학생들을 염두에 두고 읽으니 느낌이 사뭇 달랐다. 살기 위해서 한 인간을 우주로 로켓처럼 날려버리는 이기적인 인간들, 생존이 위협받을 정도로 굶주렸을 때 '사람'을 먹는 사람들, 원하는 것을 가지기 위해서 남을 속이는 사람, 좀비가 되어 서로 죽이는 사람들. 책은 이런 이야기로 가득했다. 이야기에 담긴 의미를 잘 이끌어내야 하는 부담을 느꼈다. 고르고 골라서 선택한 작품은 「디지털 고려장」이었다.

인물의 대화가 빈번하게 나오는 소설이어서 배역을 나눠 읽었다. 아이들이 작품을 읽는 집중력은 최고였다. 자기가 읽어야 할 부분을 놓친 적이 딱 한 번이었다. 배역을 나눠 읽으면서 느낀 즐거움이 있다. 소설에서 재미있거나 어이없거나 슬픈 순간의 감정, 그 짧은 순간의 감정을 우리가 함께하는 '즐거움'이었다. 동시에 웃음이 터지거나 슬픔을 느낄 때 우리는 하나로 이어져 있는 듯했다.

국어공부를 가장 열심히 하는 학생은 강준이다. 강준이는 프린트 정리, 독서, 시 외우기에 무척 정성을 들인다. 벌써 여섯 편의 시를 연이어 외우는 강준이. 강준이는 인천에서 온 소년이다. 믿을 수 없는 사건이 나에게 일어날 확률, 남의 일이라고만 여긴 불행이 나를 찾아올 확률은 얼마나 될까. 강준이의 어머니는 외국에 가셨다가 불의의 사고로 돌아가셨다. 강준이가 초등학교 5학년 때의 일이었다. 가정은 급속도로 불안해졌고 강준이의 삶은 흔들렸다. 학교에서 수영 선수로 활동하다가 그만둔 것도 그 무렵의 일이었다. 무작정 집을 나와서 "막 살게 된"(강준이의 표현) 것이 그 이후부터였다. 강준이는 마음의 안정이 어떤 건지 모르는 삶을 살아왔다.

"강준아, 네가 시 몇 편을 연이어 외우면 우리는 헤어지게 될까?"

"스무 개쯤? 스무 개 이상은 안 외울래요. 근데 집에 가도 시 생각날 것 같아요."

"그래, 열심히 외웠다가 혼자 외로울 때도 외워보고 친구에게 편지 쓸 때도 쓰렴."

스무 편의 시를 외우려면 20주가 걸린다. 한 주에 한 편씩 외우니 그렇다. 4, 5개월 뒤에는 집에 가고 싶다는 마음을, 강준이는 시 스무 편만 외우겠다고 표현한 것이다. 그래, 나와 눈을 맞추고 시 스무 편을 외우게 될 늦봄 어느 날, 너와 헤어지면 좋겠다. 그 시들은 네가 살아가게 될 무수한 시간 어디쯤에서 한 번쯤은 살아나겠지. 네 입에서 살아날 시가 너의 외로움을 달래주고, 너의 사랑도 더 깊게 해주고, 삶의 고단함을 매만져주면 좋겠구나.

이별이 빨리 찾아오는 것이 기쁘고 다행스러운 관계도 있다.

동식이 형이
우리를 만나러 와요?

"어우, 김동식 작가님 만날 수 있다면 물어보고 싶은 거 진짜 많은데…."

아이들이 『회색 인간』을 읽고 혼잣말처럼 하던 말이다. 이 모습을 보고 '작가님을 한번 모셔볼까' 하는 생각을 불현듯 했다. 소년원에 작가를 초대하는 것이 가능할까. 알아보니 가능한 일이었다. 번개같이 아니, 번개가 되어 추진을 했다. 일주일 뒤에 김동식 작가가 오기로 했고, 아이들은 오늘에야 이 사실을 알았다.

"정말요? 『회색 인간』 쓰신 작가님이 여기에 오신다고 했어요?"

"소년원 전교생이 아니라 우리 여섯 명만 만나러 온다고요?"

"우리 교실에 김동식 작가님이 오는 거예요?"

"우아! 떨려! 믿어지지 않아!"

아이들의 질문과 환호가 끝없이 이어진다.

"집이 경기도이고 집필 활동이 바쁘신데, 일부러 우리를 만나러 오시는 거야. 작가님을 환영하기 위한 준비를 해야 하지 않을까?"

"그럼요! 해야죠! 저희 뭐 할까요?"

소년들은 고민에 빠졌다. 김동식 작가의 호칭을 뭐라고 해야 하나. 김동식 선생님에서부터 동식이 삼촌까지, 의견이 분분했다. 최종 호칭은 동식이 형! 아이들은 작가에게 편지를 썼다. 먼저 종이에 연습삼아 써보고, 실제 드릴 엽서에 옮겨 쓰자는 나의 제안을 귀찮아하지도 않고 열심히 썼다. 편지에 담긴 내용이야 평범하지만, 내 기억에 새겨진 것은 볼펜을 들고 머리를 푹 숙이고 편지를 쓰던 아이들의 모습이다. 파란색 또는 연두색 추리닝을 입고, 모두 비슷한 짧은 머리 스타일을 한 소년들이 뭔가 열심히 쓰는 모습을 물끄러미 바라보았다. 뒤통수를 쓰윽 쓰다듬어주고 싶은 마음이 들었다.

> to 동식이 형
>
> 안녕하십니까? 저는 18살 이도운입니다. 형이 쓰신 『회색 인간』이라는 책을 재미있게 읽었습니다. 그중에 「피노키오의 꿈」이라는 이야기가 정말 웃겼습니다. 그리고 「협곡에서의 식인」도 재미있게 읽었습니다. 이건 반전이 있어서 기억에 남아

요. 앞으로도 재미있는 책을 많이 출판해주세요. 형의 책이 나
올 때마다 꼭 읽어보고 싶어질 것 같습니다. 그럼 안녕!

소년들은 이런 것을 궁금해했다.

아이디어는 어디에서 나옵니까? 중학교 때는 어떻게 놀았나
요? 김남우라는 이름을 반복해서 쓰는 이유는 무엇인가요?
담배 피우시나요? 책 쓰는 거 힘들지 않으세요? 「디지털 고려
장」의 결말은 무슨 의미인가요? 「낮인간, 밤인간」 이야기가
이해가 잘 안 돼요. 결혼하셨나요?

책을 읽어보지 않았더라면 생기지 않았을 궁금증도 있다.
사소한 질문도 있다. 모두 귀하다. 아이들은 책을 읽어보았기
에 김동식이라는 작가를 알고 싶어졌고, 작품에 대해서도 더
궁금해졌다.
작가와의 만남을 위해서 역할을 하나씩 맡았다. 동식이 형
에게 쓴 편지 낭독, 동식이 형에게 궁금한 질문들 정리해서 발
표, 인상 깊은 구절 낭독, 『회색 인간』에 실린 단편 제목 듣고
내용 맞히기 퀴즈, 동식이 형 소개로 역할을 나눠 준비했다.
사람이라면 누구나 자신이 주체가 될 때 즐겁다. 구경꾼 노
릇은 언제나 재미없다. 무기력해지고 귀찮아진다. 아이도 어
른도 마찬가지다. 내가 주인공이 되어 참여하고, 그게 몸이든
손이든 머리든 입이든 움직이면, 세상의 많은 일이 흥미진진
해진다. 작가와의 만남을 준비하면서 아이들을 구경꾼이 아

닌 주인공으로 만들고 싶다. 자신이 주체가 되는 짜릿함을 선물하고 싶다.

수업에 노트북을 가지고 갔다. 작가 소개, 질문 정리 등을 파워포인트로 만들면 어떠냐고 했더니 아이들이 좋아라 한다. 나는 한편 걱정이 되었다. 한 사람이 노트북 작업을 할 동안 나머지 아이들이 소란을 피우지나 않을까. 예상은 빗나갔다. 다섯 명이 함께 노트북 화면을 들여다보면서 작업을 한다. 노트북 옆에서 화면을 보며 내용을 불러주는 친구, 위에서 화면을 거꾸로 보면서 한 마디씩 거드는 친구, 옆에서 잘한다고 추임새 넣는 친구. 작은 노트북 한 대를 놓고, 뭐 한 마디라도 같이 거들면서 하리라고는 예상하지 못했다. 내가 했던 걱정이 무색해졌다. 부끄러움에 낯이 조금 뜨거워졌다. 나는 아이들을 믿지 못했으니까.

"각자 맡은 역할을 어떻게 잘할지 마음의 준비도 하고, 연습도 하고 와. 예쁘게 하고 오렴!"

"근데 샘, 예쁘게 하고 오려고 해도 방법이 없어요. 다른 옷도 없고, 얼굴에 바를 화장품도 없는데요."

"세수를 깨끗이 하고 오면 예쁠 거야."

"초등학교 학예회 때도 이렇게 떨리지는 않았어요."

"저는 전날 밤에 잠이 안 올 것 같아요."

우리는 기다림, 설렘, 긴장, 흥겨움의 시간을 함께 통과하고 있는 중이다. 모레 만나, 나의 사랑스러운 소년들.

아침 8시 30분, 시외버스터미널에서 김동식 작가와 접선(?)하기로 했다. 미리 사진을 봤으니까 한눈에 알아볼 수 있겠지? 나는 한눈에 알아보지 못했다. 작가에게 전화를 걸어 서로를 확인했다. 김동식 작가는 동네 청년 같은 분위기였다. 미리 커피를 준비했는데, 커피를 안 드신다고 한다. 커피뿐 아니라 술, 담배도 전혀 안 하신단다. 취향의 다양함을 미처 생각하지 않은 내 불찰이다. 염치없게 나만 신나게 커피를 홀짝거리면서 소년원으로 달렸다.

김동식 작가를 사무실에서 잠시 기다리게 하고, 나는 교실에 먼저 가서 준비를 했다. 나의 업종은 나름의 특수성을 지녔는데, 그것은 매번 수업에 필요한 모든 것을 큰 가방에 싸가지고 다닌다는 것이다. 출장 이벤트 직원을 떠올리면 된다. 가지고 간 작은 현수막도 붙이고, 간식과 전시물(아이들이 책 읽고 쓴 글)을 세팅하고 나니까, 아이들이 왔고 곧 작가님도 오셨다. 작가를 포함해 여섯 명*이 좌식 테이블에 둘러앉았다. 시작하려는데 갑자기 컴퓨터 작동이 잘 안 되었다. 시작 시간이 지체되었고, 나는 컴퓨터를 점검하다가 잠깐 아이들 쪽을 돌

---

* 작가와의 만남을 준비할 때와 실시할 때 인원수가 계속 달라진다. 학생들이 갑자기 퇴원하거나 교육을 받으러 가는 일이 수시로 생기기 때문이다.

아보았다.

　평상시에는 수업 시작할 때 간식을 조금 내놓으면 아이들은 별 격식 없이 잘 먹는다. 조금 전에 아침밥을 먹었을 텐데. 아침을 굶었나. 너무 잘 먹어서 이런 생각이 들고는 했다. 그럴 때마다 나의 의아함에 이해의 약을 서둘러 뿌렸다. 그래, 입이 수시로 궁금할 때지. 더 커야 하니까. 더구나 여기에선 몸도 마음도 아쉽고 허전하니 그렇겠지.

　이랬던 아이들이 김동식 작가 옆에 수줍어하면서 얌전하게 앉아 있다. 손을 뻗으면 먹을 수 있는 간식에 손도 안 댄 채, 음료수에 빨대도 꽂지 않은 채, 다소곳이 앉아 있다. 이 모습에 웃음이 터졌다. 처음 만난 작가님이 어려워서 간식도 못 먹고 어색하게 앉아 있는 모습을 보고 아이들의 마음을 읽었다. 사람을 어려워할 줄 알고, 사람 앞에서 조심할 줄 아는구나, 너희들. 예의를 아는 사람들이네. 에구, 귀여워라.

　김동식 작가는 중학교 1학년 때 학교를 그만두었다. 주물 공장에서 10년 동안 혼자 벽을 보고 앉아 틀에 쇳물 넣는 일을 하면서, 취미 삼아 엉뚱한 생각을 했다고 한다. 인터넷 '오늘의 유머' 카페에 엉뚱한 생각으로 만든 이야기를 올렸는데, 회원들이 댓글로 칭찬을 해주었다. '칭찬'을 또 받고 싶어서 사흘에 한 편씩 이야기를 만들어냈다. 카페 회원들이 댓글로 틀린 맞춤법을 지적해주고, 소설 작법을 알려주었다. 작가는 이것이 몹시 고마웠다고 한다. 책이 발간되자 카페 회원들이 책을 구입해 인증샷을 올리면서 알려지기 시작했다. 아이들은

50분 정도 이어지는 작가의 살아온 이야기에 빠져들었다.

　"작가님이 주물공장에서 벽을 보고 10년을 일하셨다는 말이 생각난다. 10년 동안 한 가지 일을 한 것이 대단하시다. 그 10년이 작가님 삶의 디딤돌인 것 같다. 작가님을 만나서 너무 행복했고, 이제 곧 집에 가는데 정말 열심히 살 수 있을 것 같다. 책을 정말 싫어하는데, 작가님 책을 보고 책이 좋아졌다. 나도 한 가지 일을 열심히 하면서 멋지게 살고 싶다. 정말 존경스럽다." 현식이가 남긴 소감이다.

　도운이는 "태어나서 처음입니다. 제가 읽은 책의 작가님을 만난 것이요. 그리고 무지 아쉽습니다. 바깥세상에서 김동식 작가님을 만났어야 하는데, 하필이면 소년원에 있을 때 만나서 면목이 없습니다."라고 소감을 썼다.

　소년들이 돌아가며 소감을 읽는데, 나는 눈물이 나려 했다. 억지로 참았다. 모든 것이 고마워졌다. 아이들이 『회색 인간』을 두 번이나 읽은 것. 동식이 형과의 만남을 설레는 마음으로 기다린 것. 동식이 형 환대를 위해서 편지를 쓰고 질문을 만들고 1인 1역할을 기꺼이 맡은 것. 예의를 지키며 동식이 형을 환영한 것. 마음을 다해 동식이 형의 이야기를 들은 것.

　아이들은 각자 가진 김동식 작가의 책 두 권에 사인을 받고, 강연이 끝난 후 사진을 찍었다. 참 많이도 찍었다. 단체 사진도 찍고, 작가님과 단둘이도 찍고, 동식이 형과 악수하는 사진, 포옹하는 사진까지 찍었다. 그만큼 아이들은 감동을 받고 진심으로 좋았던 거다. 하지만 이 사진들은 외부에 공개할 수 없다. 아이에게 전해줄 수도 없다. 그저 사진 찍는 것이 지금 우리의 감동에 적절한 활동이어서 안 찍고는 배길 수가 없었다. 숨겨두어야만 하는 사진들을 우리는 찍고 또 찍었다.

헤어져야 하는 시간이지만 아이들은 가지 않고 머뭇거렸다.

"시간이 언제 다 갔지?"

"점심 먹고 한 번 더 했으면 좋겠어요."

소년들은 작가와 헤어지는 것을 많이 아쉬워했다.

갑자기 강준이가 나에게 "선생님, 저 집에 가기 전날, 선생님 전화번호 알려주시면 안 돼요? 동식이 형과 찍은 사진 파일 받고 싶은데." 하니, 현식이가 "야! 선생님한테 연락처를 물어보면 어떻게 해?" 한다. 연락처를 알려달라고 하는 것이 소년원 내의 금지사항인 듯하다. 강준이가 "우리는 선생님의 학생이잖아! 선생님의 제자인데 전화번호도 못 물어봐?"

맞다. 나의 학생이다. 그것도 사랑스러운 학생….

시간에는 농도가 있다. 어떤 시간은 묽은 채로 주르르 흘러, 지나고 나면 아무 흔적이 없다. 어떤 시간은 기운이 깃들어 찐득하다. 질고 끈끈하다. 그런 시간은 삶에 굵고 뜨거운 자국을, 원래의 모습과 달라진 흔적을 남긴다. 좀처럼 잊지 못하게 마련이다. 오늘을 통과한 아이들의 영혼에는 어떤 자국이, 흔적이 그려졌으려나. 아마 전과 다른 무늬가 아로새겨지지 않았을까. 내 마음에 들려왔다. 아이들의 마음이 조금 움직이는 소리.

우리는 만나고 헤어지는 시기가 제각각이다. 되도록 빨리 이별하는 것이 '경사로운 일'인 희한한 관계다. "너와 더 오래 국어공부 하고 싶어."라는 말은 악담이 되어버리는 별난 곳이다. 현식이와 은섭이가 다음 주에 집에 간다. 두 녀석은 오늘 사회 복귀 수업에 가야 하는데, 나와의 마지막 수업이라서 일부러 왔단다. 더구나 사회 복귀 수업에서 피자를 먹을 수 있는데, 이를 포기하고 왔단다. 피자 대신 택한 국어수업이라니…. 쉽지 않은 결정이었을 텐데. "선생님, 우리가 만난 지 벌써 두 달이나 되었어요."라고 말하는 은섭이 얼굴에 이별을 앞둔 서운함과 집에 가게 된 기쁨이 교차한다. "그래! 두 달 동안 정이 많이 들었지. 벌써 헤어지기는 싫은데! 우리 한 달만 더 같이 공부하면 안 돼?" 하니까, 현식이와 은섭이가 "허허." 웃는다. 선생님이 웬 철없는 말을 하냐는 듯이.

'오늘의 글쓰기' 공부를 하려는데, 어쩌다 보니 내가 쓰기 주제를 정해오지 않았다. 주제를 함께 정해보자고 했더니 현식이가 제안했다. 소년원에 남게 될 친구들과 다음 주에 떠날 친구들이 서로에게 편지를 쓰자고 말이다. 그러기로 했다. 그런데 강준이가 "난 국어 선생님에게 편지 쓸래." 하니, 나머지 녀석들이 "나도 나도." 한다. 졸지에 모두 나에게 편지 쓰는 분위기가 되었다.

평소 세 줄 글쓰기도 어려워하던 녀석들이 정리지에 마련

된 다섯 줄을 꽉 채워서 편지를 쓴다. 그러고는 시키지도 않았는데 돌아가면서 편지를 읽는다.

"선생님, 안녕하십니까? 저는 22살 현식입니다.
지금까지 우리 꼴통들을 가르쳐주셔서 너무 감사했습니다. 형으로서 수업 분위기를 잡았어야 했는데, 제가 너무 신이 나서…. 죄송했습니다. 지금까지 국어수업이 너무 재미있었고, 많은 도움이 되었습니다. 감사 인사를 이렇게 편지로만 써서 죄송합니다. 나중에 우연히 만나면 제가 성공해 있을 겁니다. 그때 맛있는 식사 대접 하겠습니다. 지금까지 너무 감사했습니다."

"안녕하세요, 선생님. 저 은섭이예요. 선생님과 만난 지 이제두 달. 수업시간에 떠들고 장난을 쳐도 항상 웃으면서 넘어가주시고, 열심히 가르쳐주셔서 정말 감사했습니다. 다음에 볼때는 이런 곳이 아닌 사회에서 뵈어요."

뜻밖의 선물이다. 아이들은 두 달간의 국어수업이 재미있었다고, 고맙다고 한다. 대단한 국어수업을 한 것도 아니었는데, 그렇게 생각해주니 고마웠다. 아이들이 한결같이 하는 말. "다음에는 '이런 곳이 아닌 곳'에서 만나요." 외부에서 볼 때 소년원에 있는 아이들이라고 하면, 죄질이 안 좋고 형편없는 아이들이라고 생각할 것이다. 나도 그랬으니까. 그런데 우리 국어반 소년들은 '영 글러먹은' 아이들이 아니다. 상대방의 좋은 마음을 좋게 받아들이고, 고마워하고, '이곳'에서 만나게 된 것이 면목 없는 일이라고 생각하는 아이들이다.

새로운 책을 읽기 시작했다. 박찬일 작가의 『지중해 태양의 요리사』. 박찬일 작가는 요리사이기도 한데, 잡지사 기자 생활을 하다가 서른네 살에 요리를 배우기 위해 무작정 이탈리아로 떠났다. 이 책은 그가 시칠리아 레스토랑에서 일하던 시절의 이야기이다. 주방의 고단한 노동이 드러나 있기도 하지만, 파란만장한 사건이 흥미진진하게 펼쳐진다. 남학생들이 재미있게 읽을 수 있겠다 싶고, 마음으로 배우는 것도 많을 것 같아 고른 책이다.

한 챕터를 같이 읽어보았다. 근철이가 묻는다.

"선생님, 이 책 작가님도 오실 수 있어요?"

다른 아이들도 거든다.

"이 책 작가님도 만나고 싶어요."

"선생님, 박찬일 작가님 모셔올 수 있으세요?"

지난주 동식이 형과의 만남이 좋았던 거다. 김동식 작가와의 만남 이후 수업의 온도가 달라졌다. 뭐랄까. 이전보다 훨씬 더 안정적이고 집중하고 열심히 하는 분위기. 내가 자석이고 아이들은 철가루가 된 것 같다. 자석에 철가루가 따라오며 들러붙는 것처럼 그렇게 내 말을 잘 듣는다. 오늘은 내가 아이들에게 "내일부터 해는 서쪽에서 뜬대. 우리나라가 어제 통일이 되었대!"라고 뻥을 쳐도 의심 없이 믿을 분위기다. 정확한 원인 분석은 못 하겠지만 동식이 형을 만나서 소년의 마음이 움직인 듯하다. 오늘 나의 마음도 움직였다. 배우는 사람과 가르치는 사람 사이에 신뢰가 만들어졌을 때 공기는 이런 빛, 이런 온도구나.

수업이 끝난 후, 교실에 그림자처럼 있던 소년원 선생님※이 "어유, 아이들이 국어시간에 엄청 열심히 하고 집중을 잘하네요!" 하신다. 내 어깨는 괜시리 으쓱거린다. "예, 우리 국어반 아이들이 책도 잘 읽고 열심히 하고 마음도 착해요. 오며 가며 복도에서 다른 반 아이들을 보니 얼굴도 우리 아이들이 더 예쁘더라고요." 말하며 돌아보았다. 이 녀석들, 씨이익—웃고 있다.

헤어지게 된 현식이, 은섭이와 악수를 했다.

"건강하고 즐겁게! 열심히 살아. 좋은 소식 많이 전해주며 살아야 돼! 같이 공부해서 즐거웠어!"

"예, 선생님. 나중에 꼭 찾아뵐게요. 열심히 잘 살게요."

"그래. 은섭이, 현식이, 잘 살 수 있어! 마음으로 응원 많이 할게."

"예, 안녕히 계세요, 선생님."

인사를 나누고 이별의 악수를 했다. 이 와중에 헤어질 날이 아직 먼, 일 년도 더 남은, 행동이 민첩한 도운이는 떠날 두 녀석 옆에 바짝 붙어 서 있다가 쥐도 새도 모르게 나랑 악수를

※ 수업을 할 때 교실 한쪽에 소년원 선생님이 계신다. 감시라기보다는 만약의 경우를 대비한 예방과 보호의 성격이 강하다.

했다. 도운아, 너도 이별의 악수를 하고 싶은가 보구나.

오늘
힘드시죠?

　은섭이와 현식이는 집에 갔다. 도운이와 명구는 검정고시에 합격해서 곧 다른 수업으로 옮겨갈 것이다. 우리 수업이 중학교 학력을 마치기 위한 과정이어서, 공부 도중에 중졸 검정고시에 합격하면 수업에 참여할 이유가 없어지기 때문이다. 여기에 새로 학생 두 명이 더 들어올 것이다. 3월부터 함께 공부해온 친구는 이제 강준이 한 명만 남게 될 것이다. 주어지는 상황대로 수업을 하는 것이 나의 일이지만 그럼에도 아쉽다. 그동안 즐겁게 공부하는 분위기가 만들어졌는데…. 두 달만 더 수업의 구성원을 지속할 수 있다면, 아이들이 어떻게 변화하는지 보일 것 같다. 나도 그 시간 안에서 배울 것이다. 하지만 아이들이 수시로 들어오고 나가는 수업이어서 안정적인 구조를 보장할 수 없다. 내 마음이 아쉬운 까닭이다. 해결 방안 없는 아쉬움이다. 마음을 접을 수밖에…. 이것이 이 수업의 특수성이자 한계이기도 하다.
　마음이 무거웠다. 이런 감정에 휩싸이게 될 날이 올까봐 두려웠다. 소년들을 만나 수업을 하고 나면 마음이 꽉 찼다. 그럴 때마다 이 뿌듯함이 영원하지 않을 텐데, 이러다가 마음이 무너지는 날이 오면 어쩌지. 꽉 찬 마음이 지나가면 다음에 올 마음의 순서는 무엇일까. 이런 생각을 스치듯 했다. 안정적인 구조로 3개월도 지속할 수 없는 수업이라는 것을 알고 있기 때문인데 그런 날이 왔다.

갑자기 무더워진 날씨 때문이라고 생각하기로 한다. 아이들이 수업 도중에 들락날락할 일이 생겨서 어수선했기 때문이라고 생각하기로 한다. 교실에서 수업을 참관하는 소년원 선생님이 별안간 자신의 자리에서 일어나 우리 자리로 오더니, 우리와 시를 같이 외우고 싶어 하는 바람에 집중력이 흐트러져서 내 감정이 사나워졌기 때문이라고 생각하기로 한다. 소년원에 도서관을 만들어서 나의 소년들에게 선물하고 싶었는데 물 건너간 것 같아서, 그런 일도 하나 추진할 수 없는 무력한 상황 때문이라고 생각하기로 한다. 그러면서도 마음 한켠에 스멀스멀 올라오는 질문들. 반년도 지속할 수 없는 수업의 형태로 네가 이루고자 하는 건 뭐니? 네가 가는 길의 행로는 어떻게 되는 거니? 방향이 있기는 한 거야? 그날그날 때우는 것에 불과한 하루살이 수업 아니야?

수업이 끝날 무렵 강준이가 이런 말을 한다.

"선생님, 힘드시죠? 오늘 어쩐지 어수선하네요."

오늘은 소년원의 소년이 나의 표정과 마음을 살펴주었다. 작년의 나는 알고 있었을까? 올해의 내가 소통할 동료 없이 살아가리라는 것을, 소년에게 위안을 얻게 되리라는 것을 말이다. 어떤 시절에 누구로부터 이해의 마음을 받을지 미리 알 수 없다. 위로는 뜻밖의 장소에서, 뜻밖의 사람으로부터 찾아오기도 하더라. 나의 마음을 살펴준 소년의 마음이 고마웠다.

언제 헤어질지 모르는, 수시로 이별하게 될 이 아이들과 나는 어떤 마음의 굴곡을 나누게 될까.

바람 좀 쐬자. 코딱지만 한 교실이 꽤나 후덥지근하군!

이전과 다르게
살 수 있을까요?

수업 준비의 1단계는 무엇일까? 당연히 간식 구상이지. 하 얀 식빵에 빨갛고 달콤한 딸기잼을 듬뿍 발라서 최대한 다정하 게 웃으면서 빵을 건네는 것이 오늘의 수업 작전이다. 그런데 강준이가 나서서 딸기잼 바르는 일을 자처하는 바람에 나의 간 식 작전은 절반은 실패다. 요즘 날마다 축구를 해서 얼굴이 보 기 좋게 그을린 명구, 오늘따라 곱슬머리가 귀여운 도운이, 만 나면 반가운 친구 눈빛이 되는 강준이, 아쿠아리움 근철이, 아 이들은 며칠 못 본 사이에 쌓인 수다를 쏟아내느라 바쁘다.

참, 아쿠아리움은 근철이의 별명이다. 근철이는 손등에서 시작해서 팔과 등, 다리 전체에 문신을 했는데, 잉어에서부터 쏘가리에 이르기까지 온갖 물고기가 서식하고 있다. 근철이 를 만나면 나는 이렇게 인사한다. "근철아, 안녕? 오늘 횟감 어때? 요즘 어장 관리 잘 되어가?"

『지중해 태양의 요리사』를 쓴 박찬일 작가가 오기로 했다. 조금이라도 책을 더 읽을 시간이 필요해서 사회 수업시간을 빌렸다. 수업을 빌려놓고, 내 마음은 신이 났다. 요 녀석들을 한 번 더 만날 수 있다는 생각 때문이다. 우리는 '7장 요리 방송에 출연한 쥬제뻬'를 소리 내서 읽고 있었다.

> "모짜렐라 치즈처럼 하얗고 탱탱한 다리가 짧은 치마 사이로 길게 뻗어 있었다. 미니스커트를 입고 다리를 꼰 채 소파에 앉았으니…."

근철이가 이 구절을 읽다 말고 "선생님, 너무 야한데 계속 읽어야 해요?" 한다. 아이들은 웃음이 터졌다. 나는 "야하긴 뭐가 야해! 계속 읽어!" 했다. 이 구절에서 표현한 모습의 사진을 본다면 아이들은 야하다고 생각하지 않을 것이다. 눈앞에 구체적인 모습은 없지만 활자가 내어주는 상상의 세계에서 야하다고 느끼는 것이 흥미롭다. 나는 활자가 주는 여러 종류의 재미를 경험하게 하고 싶다. 책을 읽으면서 웃음, 슬픔, 안타까움, 분노를 느끼는 것, 새로운 정보를 알게 되는 것, 아이들이 이 모두를 경험했으면 좋겠다. 그러면 살다가 심심할때, 마음이 힘들 때, 외로울 때, 무언가에 대한 지식을 더 알고 싶어질 때도 책을 펴게 되지 않을까.

우리는 작가와의 만남을 즐겁게 하기 위한 아이디어 회의를 했다. 간단하지만 산만한 회의였다. 강준이가 책날개의 작가 사진을 보더니 "이분은 나이가 얼마나 되셨어요?" 하길래 내가 "만나면 맞혀봐."라고 했다. 도운이가 "찬일이 삼촌쯤 되려나?" 하니, 명구가 "찬일이 형 정도?" 하더니, 결론은 '찬일이 형'이 되었다. 박찬일 작가가 들으면 기뻐하시려나. 작가님은 소년들에게 '찬일이 형'으로 불릴 예정이다. 나도 그렇게 불러볼 작정이다. 형, 찬일이 형.

> "손님들이 모두 물러간 건 새벽 두 시가 넘어서였다. 얼마나 땀을 많이 흘렸는지 이런 날은 요리복을 벗으면 '스슥, 써걱' 하고 소리가 난다. 말라붙은 소금이 떨어지는 소리다."

이 구절을 읽은 강준이가 하는 말.

"진짜 고생 많이 하셨나 봐요. 옷에서 소금이 떨어지는 소리라니…. 상상이 잘 안 돼요."

고생하는 이야기에 예민하게 반응하는 강준이. 먹고사는 일의 급급함에 안타까워하곤 한다. 강준이가 경제적 어려움을 모르는 채 평온하게 자랐어도 그랬을까. 강준이가 어머니와 급작스럽게 이별하고 아슬아슬한 삶을 살아온 것을 알고 있다. 그래서 강준이의 말이 평범하게 여겨지지 않는다.

"그래, 얼마나 힘들게 일을 했으면 몸에서 소금이…. 어른이 된다는 건 아마 일을 하며 사는 것을 의미하는 것이겠지. 자신을 책임지며 일을 한다는 것은 마음의 땀이든 몸의 땀이든, 땀을 흘리는 것이고…."

"선생님, 저는 앞으로 어떤 일을 해야 할지 모르겠어요. 걱정이에요."

"강준이가 좋아하고 잘할 수 있는 일을 하면 되지. 무슨 걱정이야."

"제가 이전과 다르게 살 수 있을까요? 그게 제일 겁나요. 여기 들어오기 전과 똑같은 삶을 살게 될까봐…"

이 순간, 나의 안에서 그것이 무엇인지 알아차릴 겨를 없이 무너진다. 무너진 것은 무엇이었을까. 사람과 사람 사이에 놓인 벽 아니었을까. 그 벽의 한 귀퉁이가 와르르 무너졌다. 무너진 틈으로 이 녀석의 존재가 현실의 무게로 묵직하게 전해져온다. 이 녀석이 나에게 아무 끈도 닿아 있지 않은 타인이 아니게 되었다는 신호다.

부서지기도 했을, 마음이 온다

사람이 온다는 건
실은 어마어마한 일이다.
그는
그의 과거와
현재와
그리고
그의 미래와 함께 오기 때문이다.
한 사람의 일생이 오기 때문이다.
부서지기 쉬운
그래서 부서지기도 했을
마음이 오는 것이다 - 그 갈피를

아마 바람은 더듬어 볼 수 있을

마음,

내 마음이 그런 바람을 흉내낸다면

필경 환대가 될 것이다.

　　　- 정현종, 「방문객」

"얘들아, 이 시 어때?"

"좋아요!" 이 대답은 의례적일 때가 많다. 그래도 "나빠요." 보다는 나으니까.

"그래, 우리가 만난 것도 이런 의미가 있지 않을까? 내가 도운이를 만난 순간, 과거와 현재와 미래를 동시에 지닌 존재로서의 도운이를 만난 거잖아. 그러니 한 사람이 얼마나 어마어마한 존재니, 그치?"

"예, 그런데 선생님, 환대가 뭐예요?"

"환대는 반갑게 맞아 정성껏 대접한다는 의미야. 환영의 대접을 한다는 거지. 이런 대접 받으면 기분이 어떨까?"

"좋아요."

"최근 환대받아본 경험 있니?"

"아니요. 참, 여기 국어시간에 오면 환대받아요. 선생님한테."

"내 마음을 그렇게 여겨주니 고맙다. 너희들 하나하나가 과거와 현재와 미래를 지닌 어마어마한 존재니까, 환대해야지. 김동식 작가님이 왔을 때 주제도서 퀴즈나 작가님 소개를 미리 준비했잖아. 왜 그랬을까?"

"작가님을 환대하려고요."

"맞아! 어우, 영특해. 이번에는 찬일이 형을 환대하기 위한 준비를 해볼까?"

"네에!"

"박찬일 작가님 오셨을 때, 이 시 낭송해드리면 어때?"

"좋아요."

이 시는 찬일이 형을 맞이하는 시가 되었다.

지난주, 『지중해 태양의 요리사』 외에 『소년이여, 요리하라!』도 아이들에게 주었다. 몇 페이지라도 읽어보고 저자 사인 받아서 추억으로 간직하라는 의미였다. 몇 명은 이 책을 벌써 읽었단다. 아이들의 공통된 책 감상은 집에 빨리 가서 책에 나오는 음식을 만들어 가족과 함께 먹고 싶은 마음이 생겼다는 것이다. 이 책은 세상과 격리된 소년들에게 집에 대한 각별한 그리움을 일으키는 책이다. 음식을 만들어서 좋아하는 사람과 함께 먹고 싶다는 구체적인 욕망을 일으키는 책이다.

"나는 쥬제삐를 믿었다."

『지중해 태양의 요리사』를 읽고 명구의 마음에 남은 문장이다. 명구는 부럽다고 한다. 누군가를 믿을 수 있다는 것, 믿을 수 있는 사람이 있다는 것을 부러워했다. 최근에야 비로소 알게 되었다. 책을 읽고 인상 깊은 구절을 서로에게 말하는 것은, 마음을 들키는 좋은(?) 방법이다. 책 한 권을 읽고 나서 단

한 줄의 인상 깊은 문장을 쓰면, 저자의 마음이 아닌 책을 읽은 사람의 마음이 드러난다. 명구가 하는 말.

"제가 아무래도 막(?) 살아왔잖아요. 그러다 보니 저를 믿어주는 사람도 없고, 제가 믿을 수 있는 사람도 없어요. 찬일이 형에게 쥬제뻬가 있듯이, 저에게도 쥬제뻬와 같은 존재가 있으면 좋겠다. 이런 생각이 들었어요."

> "나는 언제나 꿈꾼다. 시칠리아의 그 주방에 다시 들어가 요리하는 꿈이다. 그건, 이제 다시 이룰 수 없어서 꿈이다. 슬픈 꿈이다."

강준이의 가슴속으로 걸어 들어간 문장. 강준이는 찬일이 형이 그 시절을 그리워하는 마음을 느꼈다고 한다. 이제는 돌아갈 수 없다는 슬픔이 전해졌단다. 강준이에게도 그런 시간이 있었을까.

"제게는 어머니가 돌아가시기 전의 시간이 그런 시절이었어요. 큰 걱정이 없었고, 가족이랑 즐겁고⋯. 어머니가 살아 계셨을 때는 모든 것이 행복했는데, 어머니가 세상에 존재하지 않게 되자 모든 것이 잘 안 되고 우울해지고 슬픈 일도 많이 일어났어요."

나도 이 구절이 좋았다. 돌아가고 싶도록 그리운 것은, 그 시절 몸과 마음이 편해서가 아니다. 하고 싶은 일을 위해서 마음껏 땀 흘릴 수 있던 시간이기 때문이다. 하고 싶은 일을 실컷 하는 시기가 삶에서 언제나 찾아오는 것은 아니라는 것을 서서히 알아가기 때문이다. 마음껏 일할 수 있는 시기가 왔지만 나의 깜냥이, 때로는 체력이 부족할 수도 있다. 나의 역량과 열정이 최고인 시절이어도 능력을 펼칠 일이 나를 비껴갈 수도 있다. 연습 없는 삶의 일이어서 그렇다.

  쉬는 시간은 10분이다. 녀석들은 화장실만 다녀오면 10분이 채 지나기도 전에 바로 국어공부를 한다. 교사 생활을 하면서, 이렇게 쉬는 시간도 없이 열성적으로 공부하는 녀석들을 만난 건 처음인 건가?!
  강준이는 작가와의 만남 진행 대본을, 명구와 근철이는 찬일이 형 소개를 준비했다. 도운이는 풍선을 불었다. 얼굴이 터질 것처럼 빨개지도록 열심히 불었다. 지난번 아이디어 회의 때 아이들이 풍선 장식을 제안했다. 그래서 풍선을 준비해 왔다. 풍선이 몇 개 터져서 우리를 놀라게도 했지만, 찬일이 형을 맞이하는 현수막 주위를 분홍, 하늘, 풀색 풍선으로 장식했다. 썰렁한 교실이 조금 환해졌지만 삭막한 교실과 조화를 이루기는 아무래도 힘들었다. 어설픈 화사함.
  우리는 부족할지라도 환대의 준비를 했다. 이 시간의 함께 읽기 경험에 어떤 의미가 있는지, 언젠가 아이들이 알게 될까? 환대로 사람을 맞이하는 경험, 자신이 주체로 활동하는 경험은, 나도 타인도 소외시키지 않는 연습이다. 사람의 온기를 느끼는 연습이다. 이런 연습이 쌓이면 삶에서 적어도 '나'를 소외시키지는 않을 것 같다. 막 살지 않을 것 같다. 길 밖으로 떨어지더라도 자신을 돌보며 다시 삶의 길 위에 올라서게 되지 않을까. 두 다리에 힘 주고 걸어가게 되지 않을까.

따뜻한
아름다움을 보았다

학교에서 50명 이상 참여하는 작가와의 만남은 사전 독서나 준비한 정도에 따라서 분위기를 미리 가늠할 수 있다. 다섯 명의 독자가 참여하는 작가와의 만남? 분위기 예측이 잘 안 된다.

작가와의 만남을 앞두고, 내가 바라는 것은 하나다. 이 일을 또 하고 싶어지는 것. 그러려면 재미도 의미도 있어야 한다. 전날, 성공을 기원하며 박찬일 작가를 모시러 갈 차를 세차했다. 따끈한 커피도 준비했다. 지난번 김동식 작가의 취향을 미리 묻지 않아서 실수했던 시행착오를 딛고자 메시지로 물어봤으나 답이 없어서 이번에도 커피를 준비했다.

작가님을 모시러 기차역에 갔다. 나오는 출구가 엇갈릴까 봐 역 대기실에 올라갔다. 기차역 대기실 전광판에 '○○○호 전역 출발' 안내를 보고 살짝 두근거렸다. '당역 접근!', '당역 도착!'에 이르러서는 몹시 두근거렸다. 외국에서 오랜만에 오는 사람을 만나는 것처럼 말이다. 진정하자. 여기는 공항이 아니잖아. 작가님이 외국에서 오는 것도 아니고.

'찬일이 형'을 모시고 소년원으로 가는 5월의 봄길. 햇살,

바람, 봄꽃. 모든 것이 찬란하다. 작가는 소년원 아이들에 대해 생각이 많다.

"그 아이들이 소년원 밖으로 나가면 어떤 삶을 살아가는지 알 수 있는 통계자료가 있나요? 그 안에 붙잡아놓는 것이 능사가 아니라 아이들이 건강하게 살아갈 수 있는 지원을 사회가 해줘야 하는데…. 나오면 대체로 이전과 비슷하게 살게 될 확률이 높잖아요. 안타까워요. 오늘, 그 아이들에게 뭘 말해야 할까요? 제 말이 어떤 힘이 있을까요?"

작가는 오늘의 만남을 그저 독자를 만나기만 하면 되는, 일회성 시간이라 생각하지 않았다. 우리 사회의 아이들, 어쩌면 '보통 아이들'보다 더 많은 사회적 보살핌을 필요로 하는 '우리의 아이들'을 만난다고 생각했다. 소년원으로 가는 내내, 소년의 삶을 북돋고 보듬는 말이 무엇일지 고민했다.

저자는 처음 만나는 사이일지라도 '나의 책'을 읽은 독자와의 대화에서만 존재하는 내밀한 즐거움을 알고 있을 듯하다. 이를테면 '나의 책'을 읽지 않은 사람은 절대로 할 수 없는 대답, 책을 읽어야만 가능한 맞장구가 있다. 이런 비밀 공유는 친밀한 관계에서만 이뤄지는 것인데, 독자와 저자는 단 한 번의 만남에 이것이 가능하기도 하다.

장면 1

"이 사람 누굴까?" 박찬일 주방장이 화면에 외국인 아저씨 사진을 띄우고 물으니, 아이들은 대번에 "쥬제뻬?"라고 한다. 맞다. 사진의 아저씨는 주방장님의 이탈리아 수련 시절 스승인 쥬제뻬였다. 쥬제뻬는 연예인이나 유명인이 아니다. 책에 사진이 나오지도 않는다. 책을 읽지 않은 사람은 알 도리가 없다. 독자와 저자는 처음 만난 사이지만, 여기에서 한 번 가까워진다.

장면 2

이탈리아 공부 시절, 작가는 여름 휴가철이면 가까운 섬의 레스토랑 주방에서 요리하는 아르바이트를 했다고 한다. 주방에는 특별한 깡통이 있는데, 소변용 깡통이다. 화장실에 갈 시간조차 없을 정도로 바쁘고 힘든 노동 환경이었던 거다. 이때의 이야기를 하면서 "온종일 주방에서 음식을 만들다가 저녁에 숙소에 가서 옷을 벗으려고 하면 옷에서" 하니, 강준이가 바로 "소금이 후두둑?" 한다. 둘의 마음, 독자와 저자의 마음이 바싹 곁으로 다가온다.

나는 짜릿했다. 혼자 슬며시 웃었다. 너희들 찬일이 형의 독자가 맞구나. 사실 어떤 녀석은 『지중해 태양의 요리사』를 완독하기도 했고, 어떤 녀석은 절반 정도만 겨우 읽기도 했다. 중요한 것은 '완독'이 아니다. 작가와 독자의 관계에서만 가능한 내밀한 소통이 일어나는 공기空氣, 이것을 느껴보는 것이 관건 아닐까. 이 시간의 농도가 제법 진하다. 지금까지와는 다른 길로 소년의 마음이 흘러가기 시작한다.

박찬일 작가는 양팔로 품에 안듯이 일곱 명의 소년을 양쪽에 앉혀놓고 살아온 이야기를 들려주었다. 요리를 배우기 위해서 이탈리아에 갔다. 열심히 배우고 일했지만, 풍토가 맞지 않아서 몸은 힘들었고, 한국에 두고 온 어린 딸이 그리웠고, 일하느라 고생도 많았던 시절이었다.

"사진의 레스토랑 예쁘지? 저기가 쥬제뻬가 운영하는 시칠리아 식당의 정원이야. 야외 테이블에서 저녁 먹으면 바람이 살랑살랑 불어와. 정말 아름다운 곳이야. 나중에 좋아하는 사람과 저기에 가게 되면, 내가 소개해서 왔다고 쥬제뻬에게 꼭 말해. 아마 더 맛있는 음식을 해줄 거야."

의도를 지닌 이야기였다. 그렇게 짐작되었다. 소년의 마음에 '하고 싶은 일' 하나 만들어주고 싶은 의도. 하고 싶은 일이 있는 사람은 자신을 무작정 방치하지 않는다. 그 일을 이루기 위해서 돈을 모으든 공부를 하든, 어떤 노력이건 하게 마련이다. 그래서 '길 안의 삶'을 살게 된다. 박찬일 작가는 어떻게 살아야 한다는 교훈적인 이야기를 하지는 않았다. 그저 슬쩍, 작은 일 하나 보여주고 "이거 하고 싶지 않니?"라는 말을 가만히 건넨다. 그 일 하고 싶어서 조금이라도 자신을 돌보는 사람으로 살아가기를 바라는 마음, 이 마음이 소년들에게 맑은 물로 스미고 있었다.

어른의 역할은 무엇일까. 세상과 삶의 이야기를 어린 영혼들에게 들려주는 것도 어른의 일 중 하나가 아닐까. 몸도 생각도 덜 여문 사람들을 곁에 앉혀놓고 이야기를 들려주는 모습. 오늘 나는 따뜻한 아름다움을 보았다.

작가는 아이들이 아직 겪어보지 않은 낯선 세계의 이야기를 들려주었다. 그 세계에는 앞날을 예측할 수 없는 모험도 있고, 얕은 탄성이 나오는 멋진 모습도 있다. 몸에서 소금이 떨어지도록 땀을 흘려야 하는 어른의 일상이기도 했다. 낯선 열풍에 온몸이 아프고, 외롭기도 한 세계였다. 아이들은 어른의 너른 품에 안긴 것 같은 순진하고 안온한 얼굴로 이야기를 들었다. 아이들은 알아차리지 않았을까. 그 낯선 세계의 이야기가 우리가 살아가야 하는 삶이라는 것을….

오늘 소년의 마음에 꿈이 하나 생겼다.

'언젠가 사랑하는 이와 함께 시칠리아, 쥬제뻬 아저씨 레스토랑을 찾아가야지. 찬일이 형이 소개해서 왔다고 해야지. 마리아 아줌마는 잘 지내는지 물어보고, 정원의 테이블에서 살랑살랑 불어오는 바람을 맞으며 최고로 근사한 저녁을 먹어야지.'

이 꿈이 아이들이 걷게 될 삶의 길 곳곳에 숨겨진 '즐거운 일' 중 하나가 되면 좋겠다. 살아가는 일은 고단하기도 하지만 곳곳에 예상치 못한 즐거움이 숨겨져 있기도 하구나. 이런 생각을 하게 되었으면 좋겠다. 그 힘으로 살아가게 된다는 것을 배우면 좋다.

아이들과 나는, 그러니까 우리는
누가 누구를 가르치는 관계는 아니게 되었다.
누가 일방적으로 무엇을 베푸는 관계도 아니다.

우리는 서로의 마음을
조금씩 물들이고 있다.

너의 별에도
봄이 오기를

　3월 이후, 수업의 한 굽이를 넘을 때마다 한 녀석 또는 두 녀석씩 털어내면서 왔다. 어떤 아이는 집에 가고, 어떤 아이는 중학교 학력 인정을 받게 되어 국어수업에 더 올 이유가 없어져 자격증 취득반으로 옮겨갔다. 정든 아이들이 한두 명씩 수업에서 사라지고 인원이 줄자 걱정이 앞섰다. 김동식 작가가 왔을 때는, 불과 일곱 명의 독자와 작가와의 만남이라니…. 잘 될까? 박찬일 작가가 왔을 때, 불과 다섯 명의 독자와 작가와의 만남이라니…. 잘 될까? 2주 만에 국어수업을 가니, 학생 구성이 달라졌다. 도운이와 명구가 자격증 반으로 갔고, 찬현이가 새롭게 들어왔다. 이렇게 해서, 6월의 학생은 네 명이다. 학생이 겨우 네 명이라니…. 네 명은 뭘 하기에는 적절한 인원이고, 뭘 하기에는 부적절한 인원일까.

6월, 우리는 '사랑'을 주제로 책을 읽으려고 한다. 주제도서
는, 알퐁스 도데의『별』, 탁경은 작가의『사랑에 빠질 때 나누
는 말들』로 정했다. 여기에, 정크 아티스트(Junk artist) 안선화
작가를 초대해서 사랑을 주제로 팝업북 만드는 수업까지 할
것이다. 사실, 6월의 수업은 선물이다. 6월 마지막 날 집으로
가게 될 강준이를 위한 선물. 이제 열다섯 편의 시를 연이어
외우는 강준이. 강준이는 일주일 만에 만나면 입에서 "안녕하
세요."가 나오기도 전에 눈이 먼저 웃는, 시를 외우다가 틀리
면 얼굴이 빨개지는, 아직 주민등록증도 나오지 않은 소년이
다. 바깥세상으로 나가게 될 강준이의 마음에 '사랑'을 선물하
고 싶다. 자신을 사랑하는 마음, 가족을, 타인을, 세상을 사랑
하는 마음을 가진다면 강준이는 잘 살 것이다. 그럴 것이라고
믿는다.

오늘의 시는 윤동주의 '별 헤는 밤'. 소년들이 읽고 외우기
에는 길다. 먼저 서너 번 소리 내어 읽었다.

계절이 지나가는 하늘에는
가을로 가득 차 있습니다.

나는 아무 걱정도 없이
가을 속의 별들을 다 헬 듯합니다.

가슴속에 하나둘 새겨지는 별을

이제 다 못 헤는 것은

쉬이 아침이 오는 까닭이요,

내일 밤이 남은 까닭이요,

아직 나의 청춘이 다하지 않은 까닭입니다.

(중략)

아이들은 이 시를 마음에 들어한다. 누군가를 그리워하는 마음이 느껴진단다. 전반부–중반부–후반부 중 마음에 드는 부분을 옮겨 쓰고 외워보자고 했다. 아이들은 후반부를 좋아했다. 뒷부분을 옮겨 쓰고 마지막 부분을 함께 외웠다.

그러나 겨울이 지나고 나의 별에도 봄이 오면

무덤 위에 파란 잔디가 피어나듯이

내 이름자 묻힌 언덕 위에도

자랑처럼 풀이 무성할 거외다.

특히 이 구절을 좋아했다.

"이 구절을 왜 좋아해?"

"겨울이 지나면 봄이 온다잖아요. 저도 지금 겨울인 것 같은데, 제 인생에도 봄이 오면 좋겠어요. 그래서 좋아요."

아이들에게 지금은, 자기 인생의 겨울이다. 지금은 자신의 존재를 긍정할 수 없다. 스스로도 긍정할 수 없고, 대부분의 타인도 소년의 존재를 좀처럼 긍정하지 않는다. 하지만 자신을 영영 부정하고 싶지는 않다. 내내 부정당하고 싶지는 않다. 이런 소년의 마음이 시에 닿게 된 것일까. 물론 소년의 처지는 윤동주 시인의 삶에 비할 바가 못 된다. 그러면 좀 어떠랴. 사람은 다 제각각 자신만의 사연과 맥락에서 삶의 봄도, 겨울도 만나는 것이 아닌가. 작품은 작가의 손을 떠나서 백 명의 독자를 만나면 백 가지 의미를 지닌다. 백 개의 작품이 된다.

이야기를 싫어하는
사람은 없다

"표지랑 제목 어때?"

"표지가 예뻐요."

"어떤 이야기가 나올 것 같아?"

"연애 이야기? 사랑 이야기가 나올 것 같아요. 읽어보고 싶어요!"

책을 읽기에 앞서 『사랑에 빠질 때 나누는 말들』의 표지를 아이들에게 보여주었다. 이렇게 예쁜 표지의 책을 소년에게 더 주고 싶다. 예쁜 표지의 책은 독자가 받을 수 있는 선물이니까. 이곳 소년원에서는 예쁜 것을 찾아보기 힘드니까. 예쁜 것은 사람의 마음을 순하게 만들기도 하니까 말이다.

"이제 목차를 펴 볼까?"

"우리, 사귈래?, 펴자마자 너무한 거 아녀요?"(웃음)

"너를 좋아하게 됐어, 제목이 뭐 이래요?"(웃음)

"너희, 사랑 이야기 좋아하는구나. 기대되지? 그러면 한번 읽어볼까."

소설의 소제목만 봤을 뿐인데, 소년들은 연신 웃음이 터진다. 제목만으로도 이미 마음이 들떴다. 나를 포함한 다섯 명이 번갈아가면서 세 번째 장까지 소리 내어 읽었다.

이 소설에는 소년 현수가 등장한다. 현수는 소년원에 있다. 인물이 처한 상황 때문에 아이들과 함께 읽을 작품으로 선정하는 것이 조심스러웠다. 아이들이 어떤 한 부분에서라도 상처를 받게 될까봐 염려되었다. 그런데 생각을 조금 바꾸니, 책을 읽으면서 나와 비슷한 처지의 인물이나 이야기에 마음의 무게를 싣던 기억이 떠올랐다. 내가 알지 못하는 그들만의(작품의 소년과 현실의 소년) 공감이 이루어질 수도 있겠다. 소년들이 사랑과 그리움이라는 설렘의 감정을 선물 받을 수도 있겠다 싶었다.

"이런 감정, 나도 처음이야."
동주 표정이 진지했다. 나를 뚫어져라 바라보는 눈동자에서 진심이 느껴졌다. 부드러운 목소리의 파고에서 잔잔한 떨림이 가슴으로 전해졌다.

말랑말랑한 이야기에 소년들은 참을 틈도 없이 웃음이 터진다. 러브스토리가 지닌 간지러움과 달콤함을 실컷 누리고 있다.

"동주, 멋있는 남자애 같지 않니? 진짜 멋있다!"

내가 이렇게 말했더니, "어휴, 선생님! 이건 소설이에요. 소설에서는 다 이렇게 멋있게 그리는 거예요." 한다.

소설에서 서현이라는 여학생은 범죄를 주제로 소논문을 쓰려고 한다. 서현은 자료 조사를 위해, 소년원의 현수에게 편지를 보내기 시작한다. 편지를 받은 현수는 이런 답장을 쓴다.

> 부탁인데, 다시는 편지하지 마라. 나는 너한테 할 말이 없다. 정말로. 답장 기다리지 말고 앞으로 편지 보내지 마. 말 걸지 말라고.

근철이가 현수에게 감정이입이 되었나 보다. 화를 낸다.

"서현이라는 애, 나쁜 애네요. 편지하지 말라는데 왜 자꾸 편지를 보내요? 진짜 이상하네! 작가님은 왜 이런 이상한 여자애를 등장시킨 거예요? 만나서 물어보고 싶네."

근철이 때문에 다 같이 웃고 또 웃었다.

이 책에 대한 소년들의 반응은 좋다. 심지어 근철이는 "이번 책이 제일 재미있네요. 재미있어."라고 한다. 다른 아이들도 다음 주에 이 책을 마저 다 읽어오겠다고 한다. 재미있을 것 같다고 하면서 말이다.

"다음 주 수업시간에도 읽을 건데, 미리 읽어도 괜찮겠어?"

"재미있는 이야기는 읽고 또 읽어도 재미있어요."

맞다. 이야기를 싫어하는 사람은 없다. 사람이라면 누구나 이야기에 솔깃해지는 귀를 가지고 있다.

환대해주셔서
고마워요

아이들은『사랑에 빠질 때 나누는 말들』을 다 읽고 왔을까? 궁금했다. 아이들과 주로 단편소설을 읽어왔다. 장편소설 읽기를 숙제로 내준 적이 없기 때문에 못 미더웠는지도 모르겠다. 만나자마자 "얘들아, 책 다 읽어 왔어?" 급하게 물어보니 모두 읽고 왔단다.

"저희 방 친구들도 돌아가면서 다 읽었어요."

"우아! 정말? 대단하다! 친구들은 이 소설 어떻대?"

"재미있대요. 그런데 여자애가 양다리여서 얄밉대요. 소설가가 2권을 이어서 썼으면 좋겠대요. 2권에는 우리 이야기도 좀 써줬으면 좋겠대요."

이때, 반짝! 아이디어가 생겼다. 소년원에서 독서동아리 사업을 펼치는 거다. 성공할 확률은 99.9퍼센트. 장담한다. 놀랍게도 소년원 방 하나에 4~5명이 함께 산다. 독서동아리의 최적 인원이다. 더구나 소년들은 평일 저녁 내내 방 밖으로 나가지 못한다. 주말에는 식사시간 외에는 방 밖으로 나가지 못한다. 독서동아리 모임을 위해서 따로 시간을 내지 않아도 함께 책을 읽고 대화할 시간이 충분하다. 음, 소년원 학생들의 답답한 현실이 독서동아리 활동을 하기에 최적의 조건이라는 발견. 기뻐해도 되는 건가.

소년원 아이들이 독서동아리는 해서 뭐 하냐고? 책을 읽고 독서토론을 할 수준이 되냐고? 이런 의문이 들 수 있다. 고등학교에 근무하면서 15년 이상 아이들과 책을 읽어온 경험을 바탕으로 알게 되고 믿게 된 것이 있다. 아이에게 "책으로 말을 거는"* 일이 쉬우면서도 위대한 힘을 지녔다는 것, 심하게는 사람의 영혼을 뒤바꿀 수 있는 일이라는 것이다. 책을 함께 읽은 사람들은 감정을 나누고 서로 마음을 연다. 서로를 향해 무장해제한다. 주변의 일들에 함께 물음표를 꽂아본다. 당연하던 것들이 당연하지 않게 되는 순간이다. 장애인이 그런 대우 받는 게 정당한 거야? 여자와 남자에 대한 차별 괜찮은 거야? 나는 이렇게 살아도 괜찮은 거야? 어떻게 사는 게 잘 사는 거야? 삶과 세상에 대해 점점 더 나은 쪽으로 생각하게 된다.

사람마다 생각이 다르다는 것을 알고 우리는 모두 다른 존재라는 것을 인정하게 된다. 어떻게 살아야 하나 하는 이야기를 자연스럽게 하면서 자신을 돌보며 사는 연습을 천천히 한다. 이 정도면 소년원 아이들이 독서동아리 활동을 할 만한 충분한 이유가 되지 않을까. 자격증이나 검정고시 공부와는 다

*　고정원, 『책으로 말 걸기』에서 빌려온 표현이다.

른 측면에서 마음과 영혼의 맨살을 만져주고 보듬어주는 공부가 될 것이다. 사람으로 살아가는 일에 바탕이 되는 힘을 길러주는 일이 되지 않을까.

아이들은 소설을 다 읽어 왔지만 자신이 흥미롭게 읽은 부분을 번갈아가면서 소리 내어 읽었다. 우리는 서로에게 책을 읽어주는 사람들이니까. 읽는 일이 끝나기도 전에 다들 할 말이 넘쳤다. 근철이는 오늘도 불만이 많다. 결말이 명확하지 않아서, 또 여학생이 남자친구를 사귀면서도 현수에게 자꾸 편지를 보내다가 급기야 '너를 좋아하게 됐어'라는 고백까지 받아서 화가 났다. 당장 작가님을 만나서 따지기라도 할 것 같은 기세였다. 오늘 근철이의 감정선이 조금 낯설다. 여느 때보다 많이 흥분했다. 근철이는 현수에게 감정을 이입하고, 잠깐이나마 자신을 현수로 여긴 듯하다. 근철이는 서현이라는 여학생이 편지를 계속 보내와서 기뻤고, 그 여학생이 남자친구가 있으면서도 편지를 보내와서 배신감을 느꼈다. 다른 매체가 아닌, 책을 읽고 주인공과 자신을 동일시해서 감정의 천국과 지옥을 오가는 모습이 왠지 밉지 않았다. 근철이는 책이 줄 수 있는 다양한 즐거움 중의 하나를 오늘 실컷 누렸으니까. 책을 읽고 다른 존재로 변신하는 재미를 알게 되었으니까.

강준이는 설렘 그 감정 자체가 그립다. 동주(서현의 남자친구) 때문에 가슴 설레는 서현의 마음이 그냥 좋아 보였다고 한다. 미래에 생기게 될 여자친구와 이 소설을 함께 읽고 싶단다. 여자친구와 함께하고 싶은 것이 '책읽기'가 된 강준이. 그

날이 꼭 왔으면 좋겠다. 그때 너의 마음은 춥지 않았으면 좋겠다. 마음에 그늘도 없고, 따뜻하고 환했으면 좋겠다.

　수업이 끝날 무렵, 자격증 반으로 옮긴 도운이가 교실문을 빼꼼 연다. 나에게 편지를 주고 얼른 간다. 소년원에서는 자신이 수업 듣는 교실 외의 곳을 드나들면 안 되어서, 편지만 주고 후다닥 사라진 것이다. 도운이는 헤어 자격증을 취득하기 위한 수업으로 옮겼는데 국어수업이 너무 그립다고 한다.

> 쉬는 시간에 잠깐 인사하러 들르면, 선생님이 환하게 웃어주셔서 기분이 좋아요.
> 선생님은 왠지 다른 선생님들과 다른 것 같아요.
> 저는 이제 다른 반 학생인데도, 간식을 챙겨놓았다가 주셔서 감사합니다.
> 저를 늘 환대해주셔서 고맙습니다.

　일주일에 한 번, 그것도 잠깐 만나서 인사만 나누는 나를 위해 도운이는 방에서 펜을 들고 마음을 담아 편지를 썼다. 편지를 쓰는 소년의 시간을 떠올렸다. 사람에게 사람은 어떤 의미인가. 아이들과 나는, 그러니까 우리는 누가 누구를 가르치는 관계는 아니게 되었다. 누가 일방적으로 무엇을 베푸는 관계도 아니다. 그것이 어떤 방법이든 얼마만큼이든, 우리는 서로에게 영향을 끼치고 있는 것이 아닐까. 요란한 색, 강력한 힘은 아닐지언정, 우리는 서로의 마음을 조금씩 물들이고 있다. 도운이가 '환대'라는 말을 정확하게 쓴 것을 보고, 팔뚝에 약하게 소름이 끼쳤다. 특정한 말을 공유한다는 것은 말에 붙어서 오는 마음도 함께한다는 뜻이다. 도운이는 환대라는 말을 배웠다. 사람이 사람을 반갑게 맞고 정성껏 대하는 마음을 배웠다. 사람을 소중히 여기는 영혼이라면 아무렇게나 살지 않을 것이다. 아무렇게나 살지 못할 것이다.

왕자님들과의
짜장면 만남

　소년원에 드나든 지 석 달만에 알게 된 서프라이즈 정보. 가족이 아닌 나도 아이들 면회를 갈 수 있다. 나는 '멘토'의 자격으로 가능하다. 면회실에서 아이들에게 짜장면과 컵라면을 사줄 수 있다는 따끈한 정보다. 한갓진 토요일, 나는 소년원 면회실로 향했다.

　미리 도착해서 짜장면과 짬뽕 식권을 구입했다. 소년들을 기다리면서 은유 작가의 『알지 못하는 아이의 죽음』을 읽었다. 서문을 읽었을 뿐인데도 눈물이 막무가내로 쏟아져서 면회실에서 더 이상 읽을 수가 없다. 일단 책장을 덮었다. 다른 보호자들이 '어우, 저 엄마는 왜 저렇게 울어.' 이런 생각을 할까봐. "이 무심한 세계의 지속"에, "너나없이 몸이 부서져라 일하라"고 권하는, 그래야 성실하고 믿을 만한 인간이라는 생각을 강요하는 사회, 그렇게 일하다가 죽어도 괜찮은 계급의 인간들이 있다고 여기는 사회의 공기, 아니 우리의 무의식에 소름이 끼쳤다. 끔찍한 사회다. 내가 특성화고에 근무할 때도 그랬다. 현장실습 나갔다가 끝까지 버티지 못하고 중간에 돌아오는 학생들을 인내심이 없는 학생으로 여겼다. '이 정도도 못 버티는 아이가 뭘 제대로 할까' 하는 생각을 상식처럼 했다. 나도 그런 상식을 가진 사람이었다. 책을 읽다 보니, 이것은 개인의 인내심 문제라기보다는 사회 구조의 문제이자 사회 인식의 문제였다.

짜장면 모임에 참석한 소년은 네 명이다. 12시 정각이 되자 면회실로 한 무리의 아이들이 줄 지어 들어온다. 아이들은 모두 같은 옷을 입었지만, 우리는 서로 단번에 알아본다. 나와 눈이 마주치는 순간, 씨익 웃는 소년이 바로 국어반 학생들이다. 소년원에 들어온 지 한 달도 안 지난 찬현이가 앉자마자 동그래진 눈으로 묻는다.

"선생님, 가족 아니어도 면회 올 수 있는 거예요? 가족 아닌데, 여기에 어떻게 오셨어요?"

"음, 내가 너희들 엄마라고 뻥치고 왔어."라고 장난을 쳤다. 그랬더니 요 녀석이 하는 말.

"선생님, 아들 네 명이 9호 세 명에 10호 한 명인데…. 괜찮으시겠어요?"

"푸하하, 그건 좀… 곤란하겠어. 그러면 속이 남아나지 않을 것 같아. 하도 속상해서."

소년도 알고 있다. 9호, 10호 아들을 둔 엄마의 심정이 어떨지 말이다. 같이 크게 웃고 말았지만, 웃으면 웃을수록 복잡

해지는 웃음이었다. 유쾌함으로 마무리지어질 수 없는 웃음이었다. 우리의 웃음에는 속 많이 상할 엄마의 아픔도, 엄마에 대한 소년의 그리움도 묻어 있다.

왕자님 면회. 이 면회에 내가 붙인 별칭이다. 아이들은 면회실에 들어와 의자에 앉으면, 한 시간 동안 자리에서 절대로 일어날 수 없다. 가만히 앉아 있기만 해야 한다. 돌발적인 사고를 방지하기 위한 조치인 듯하다. 아이들은 의자에 앉아만 있고, 내가 온갖 시중을 다 들어야 한다. 짜장면도 가져다주고, 음료수도 사다주고, 휴지도 가져다주고, 먹고 싶다고 하는 과자도 사다준다. 면회 시간이 끝나서 아이들이 호로록 일어나서 가버리면, 먹고 난 쓰레기 정리까지 해야 한다. 쓰레기를 다 버리고 물휴지로 탁자를 한번 쓰윽 닦고 고개를 드니, 면회실에 나 혼자만 덩그러니 남았다. 직원도 가버렸다. 대체로 가족 여러 명이 아이 하나를 만나러 오는데, 나는 혼자 네 명을 만나러 오니까 이런 상황이 되었다. 그래서 '왕자님 면회'라는 별칭을 붙였다. 제법 잘 어울린다. "왕자님들은 그냥 있어. 내가 가져다줄게.", "앗, 왕자님께 얼른 휴지 드려야겠네." 나 혼자 호들갑을 떨며 왕자님 면회 놀이에 심취하다 보면 한 시간은 훌쩍 가버린다. 왕자님들과의 특별한 만남이다. (그런데 '왕자님'이라고 불러주면 은근 좋아하는 표정은 뭐냐.)

이야기를 나누다 보니, 아이들은 소년원에서 나가 비슷한 생활을 반복하다가 다시 소년원 또는 교도소에 가게 되는 것을 가능한 일, 주위에서 흔한 일, 예사로운 일로 여긴다. 여기에 있는 동안 자신의 마음을 바꾸려고 노력하고, 다르게 살고

자 하는 꿈을 가져도 바깥세상으로 나가면 모든 것이 그대로 다. 가정의 상황도 그대로, 어울리던 친구들도 그대로. 달라진 것은 자신을 바라보는 주위 사람들의 시선이 더 안 좋아진 것 이겠지. 그러다 보니 다르게 사는 것이 쉽지 않다.

소년들의 '다르게 사는 것'을 개인의 의지 문제로만 다루는 것은 적절한 접근 방법이 아니다. 퇴원 후에 섬세하게 이끌어 주는 길잡이가 있으면 어떨까. 단순히 감시하고 관찰하는 정 도를 넘어, 학업을 제대로 이어가고 있는지, 위험한 아르바이 트를 하는 것은 아닌지, 어떤 친구들과 어울리는지, 가정 상황 은 어떻게 달라졌는지를 파악하면서 안정된 마음으로 이 사 회에 뿌리내릴 수 있도록 다정하고 친절하게 이끌어주는 제 도와 장치가 있으면 좋겠다. 전국의 소년원에 있는 아이가 천 명 정도라고 한다. 그렇게 많은 인원은 아니다. 사회가 '우리 아이들'이 건강한 어른으로 성장할 수 있도록 힘을 쏟아보면 어떨까.

왕자님들과 짜장면 모임을 하는 데에 총 사만 원이 들었다. 짜장면 한 그릇을 앞에 두고 "감사합니다."라고 말하며 마주 치는 눈빛이 건성이 아니다. 사이다를 한 캔 더 사줬더니 아이 처럼 좋아한다. 짜장면을 한 그릇씩 먹고 나더니 "선생님, 컵 라면 하나만 더 사주시면 안 되나요?" 한다.

"그러면 각자 컵라면 하나씩 먹을래?"

"한 젓가락만 맛보고 싶어요. 하나만 사주시면 나눠 먹을 게요." 수줍게 말한다.

벽에 걸린 큰 시계를 보니 면회 시간이 10분 남았다. 아이들 손에 들려서 보낼 수 있는 것은 단 두 가지다. 매점에서 구입하는 오천 원짜리 폼클렌징과 오천오백 원짜리 두루마리 휴지 열 개 묶음. 음료수 하나도 손에 쥐여 보낼 수 없는 것이 마음에 걸려서 아이들에게 폼클렌징과 휴지를 사줬다. 운동장을 건너서 저쪽의 세계로 돌아갈 손에 뭐라도 들려주면 아이들 마음이, 아니 나의 마음이 조금 나을 것 같아서였다.

선물(?)을 받은 찬현이가 웃으면서 "선생님, 돈 많아요? 우리한테 왜 이렇게 잘해줘요?" 한다.

"아냐, 나 돈 없어. 원래 선생님들은 가르치는 학생들에게 짜장면도 사주고 선물도 주고 그러는 거야. 그래서 월급 받잖아. 그래야 학생들이 나중에 어른 돼서 선생님 찾아와 밥 사주지!"

"저도 나중에 성공하면 선생님 밥 사주러 갈게요!"

찬현이가 호기롭게 장담한다. 그 순간 기도했다. 그 약속이 부디 지켜지기를. 나중에 찬현이가 나에게 자랑할 생활의 이야기가 아주 많기를. 이 녀석 자랑에 내가 질리기를.

우리는 만나서 짜장면을 한 그릇 먹었을 뿐인데, 마음을 나눈 느낌이다. 형식이나 체면치레 없는 짜장면 만남. 아이들과 나의 마음이 서로를 향해 다가서게 된 것 같다. 그런 기분이다. 내가 사만 원을 들여서 이렇게 기쁜 마음을 선물 받을 수 있는 경우가 또 있을까. 그래서 조금도 아깝지 않은 사만 원. 얘들아, 토요일 오후에 나랑 짜장면 만남 해줘서 고마워.

근철이
특집

　근철이의 별명은 '아쿠아리움'이다. 등과 팔에 이르기까지 온갖 종류의 물고기 타투를 하고 있기에 얻은 별명이다. 근철이의 누나는 교도소에 있다. 어머니는 돌아가셨고, 아버지는 충청도에서 농사를 지으면서 여동생과 함께 살고 있다. 딸, 아들이 교도소나 소년원에 있는 근철이 아버지는 하루하루를 어떤 심정으로 살아갈까. 한 가족이 어떠한 시간의 내력을 지나오면 이런 지경에 이르게 되는 걸까. 근철이의 가정 사정을 생각하면 착잡하다. 스물두 살 근철이는 책읽기를 좋아한다. 만화책 보는 것도 좋아해서, 어지간히 알려진 만화는 거의 다 봤다.

　알퐁스 도데의『별』을 읽고 인상 깊은 구절이나 장면을 써 보자 했더니, 근철이는 "저는 인상 깊은 장면 없는데요. 없는데 어떻게 쓰지? 선생님, 어떻게 해요?" 이렇게 징징거린다. 나는 짐짓 친절한 목소리와 표정으로 "응, 그래. 그러면 너는 쓰지 말고 그냥 있어."라고 했다. 근철이는 조금 머쓱해하더니 열심히 쓰고 있는 친구들에게 자꾸 말을 붙인다. 이번에도 나는 다정함을 유지하고 "다른 친구들 쓰고 있는데, 말 걸면 방해되지. 근철아, 인상 깊은 구절 안 써도 좋으니 입은 다물고 있어."라고 말하고 30초 뒤에 보니, 근철이도 주섬주섬 뭔가 쓰고 있다. 그 모습에 웃음이 난다.

　"어머, 근철아. 인상 깊은 장면이 없다더니!"

"선생님이 입 닥치고 있으라고 해서….."

"나는 닥치라고 하지 않았는데, 다물고 있으라고 했지. 그치, 얘들아?" 하니, 다른 녀석들이 "예, 근철이 형이 잘못 들었어요." 한다.

상황 종료. 근철이 마음이 이렇게 모질지 못하다.

나는 근철이에게 손편지를 세 번 건네줬다. 나름 정성을 들여 쓰고, 간혹 쓸 말이 없어도 다른 녀석들과 견주어 서운한 마음이 들지 않도록 편지지 두 장을 꽉 채워 썼다. 편지지 장수의 평등을 실현하느라 애를 썼다. 그런데 지난주 수업시간에 근철이가 대뜸 묻는다.

"근데 선생님, 편지에 왜 맨날 비슷한 얘기만 쓰세요?"

"야, 내가 두 장을 꽉 채워 쓰느라 팔이 얼마나 아팠는데!"

"근데 다 비슷한 얘기예요."

"알았어. 이제 다른 친구들에게만 편지 쓰고, 근철이한테는 안 쓰면 되겠다. 이제 내 팔도 덜 아프겠네. 됐지?"

"아니, 그게 아니고요."

이쯤에서 나는 속으로 웃고 있다.

"그러는 근철이는 나한테 편지 한 번이라도 썼니? 다른 애들은 나에게 편지를 몇 번씩이나 써서 줬는데 말이야. 그치, 얘들아."

'그치, 얘들아'는 우리 사이에서만 통하는 나의 강력한 무기다. 다른 녀석들은 벌써 대답을 준비하고 있던 것처럼 득달같이 "예!" 하더니, 국어 선생님에게 편지를 몇 번 썼는지 서로 질문하고 답하느라 분주하다. 뭐 심각한 상황은 아니다. 그냥 웃긴 상황이었다.

일주일 뒤에 근철이가 주섬주섬 주머니에서 뭘 꺼내서 나에게 준다. 편지였다.

TO 국어쌤

쌤 안녕하세요. 저 근철이입니다.

편지 잘 받았습니다. 이제야 편지를 늦게 써서 죄송합니다.

쌤, 항상 감사합니다.

이 근철이가 수업도 잘하겠습니다.

앞으로는 편지 자주 할게요, 선생님.

그리고 저희한테 신경을 써주시고

정말 감사합니다.

근철이는 마음에 걸렸던 거다. 정작 자신은 한 번도 편지를 쓰지 않았다는 것이 미안했던 거다. 미안함을 아는 마음을 지닌 거다. 처음으로 나에게 손편지를 주었다. 평소 근철이의 글씨를 잘 알고 있다. '근철체'는 알아보지도 못하게 휘갈겨 쓰는 것이 그만의 개성이다. 그런데 이 편지는 한 글자의 획마다 정성을 들여서 썼다. 글자마다 근철이의 마음이 묻어나서 놀랐다. 가식 없는 마음. 정성을 들인 편지. 나만 알 수 있는 이 편지의 비밀이다. 마음이 조금 먹먹해지려는 찰나, 근철이가 치고 들어온다.

"선생님, 제가 이거 밤새워 쓴 거예요. 편지지 열 장 날리면서!"

　이 녀석 말을 믿어야 하나 말아야 하나.

　짜장면 만남 후에 근철이가 "선생님, 계좌번호 좀 알려주세요." 한다. 나도 모르게 흠칫했다. 아니, 이 녀석이 내 계좌번호를 왜 알려달라는 거지?

　"어, 내 계좌번호는 왜?"

　"저번에 선생님이 짜장면 사주고 과자도 사줘서, 제가 너무 죄송스러운 거예요. 선생님이 돈을 너무 많이 쓰셔서요. 그래서 아버지한테 말했더니, 아버지도 너무 감사하고 죄송하다고 하시더라고요. 그래서 선생님 계좌번호로….."

　"근철아, 그 짜장면을 돈으로 생각하면 안 돼. 그 짜장면은 나의 마음이야. 그러니까 그런 말은 안 해도 돼."

　근철이가 느낀 고마움 너머, 거기에 미안함이 있다. 어른인 우리는 이미 알고 있다. 고마움에 미안함이 왜 찰떡처럼 들러붙어 있는지 말이다. 마음의 일이어서 그렇다. 사람이라는 존재가 마음으로 꽉 채워져 있어서 그렇다. 바다는 푸른 물결이 가득 차서 끊임없이 넘실거린다. 사람 안에는 마음이 가득하다. 마음은 단단하지 못한 채로 항시 흔들린다. 미안함, 고마움, 그리움으로 꽉 차서 넘실거린다.

알퐁스 도데의 『별』을 읽는 시간. 양치기 소년은 주인집 딸 스테파네트 아가씨를 짝사랑한다. 아가씨는 양치기가 있는 뤼브롱산에 왔다가 갑자기 쏟아진 폭우로 시냇물을 건너지 못해서 집에 돌아가지 못한다. 소년과 아가씨는 모닥불 앞에서 밤하늘의 별을 보며 밤을 지새운다는, 전 국민이 다 아는 소설이다. 소년들은 이 이야기를 어떻게 읽을까.

읽고 나서 "이 이야기 어때?"라고 물으니, 늘 정해진 답 "재미있어요."가 돌아온다.

"정말 재미있어? 어떤 부분이 재미있어?"

"예뻐요."

"그치? 이야기가 예쁘지? 아가씨가 예쁜가?"

"아니요, 책이랑 그림이 예뻐요. 책이 예뻐서 좋아요."

내가 아이들에게 준 책은 인디고출판사에서 펴낸 책이다. 이 출판사 책으로 선정한 건 구산동도서관마을 청소년 사서 고정원 선생님이 알려준 비법이다. 남자아이들도 예쁜 이야기와 예쁜 책을 좋아한다는 것이다. 과연 그러했다. 소년들은 책표지를 손으로 한번 쓰다듬으면서 말했다. "이 책 예뻐요." 그러고는 "이 책, 저희 주시는 거예요?"라는 말을 한 번씩 다 한다. 그냥 선물로 주는 것이라고 하면 안 된다. 수업과 관련 없는 책을 소년에게 줄 수 없기 때문이다. 소년원 규정이 그렇다. 나는 늘 이렇게 말한다. "이 책은 국어수업 교과서야. 교과서니까 한 권씩 주는 거야. 교과서가 없으면 수업을 할 수 없잖아."

'우리같이읽을래발전소' 부소장 허보영 선생님도 이와 비슷한 말을 한 적이 있다. 공업고등학교 남학생들에게『너의 췌장을 먹고 싶어』라는 일본소설을 선물로 줬더니, 뜻밖에도 남학생들이 예쁜 표지에 마음이 홀랑 넘어가버렸다는 것이다.

국어반 남학생들도 아담한 크기의 예쁜 책에 반해버렸다. 아, 예쁜 표지의 책이 사람 마음을 이렇게 흔들 수 있구나. 사람의 정서나 소년의 감성을 배려한 '예쁜 공간'을 찾아볼 수 없는 이곳에서 예쁜 책이 귀한 손님이 되었다. 손으로 한 번씩 책을 쓰다듬으며 "예뻐요."라고 말하는 소년의 등어리가 순해진다. 소년의 순한 등어리가 연두풀이 융단처럼 깔린 나지막한 봄날의 언덕 같다.

표지와 삽화에 이미 마음을 빼앗겨버린 소년들.

"이 소설, 이게 끝이에요? 뭐 더 있지 않나요? 사랑이 이루어졌다든지, 결혼을 하게 되었다든지 하는 결말이 있어야 하지 않아요?"

"양치기 소년이 스테파네트 아가씨랑 결혼했으면 좋겠어?"

"예, 이렇게 좋아하는데…."

"책이 작가의 손을 떠나서 독자를 만나면, 독자 마음에서 새로운 책으로 태어나는 거야. 뒤의 이야기를 만들고 싶으면 너희가 상상해서 완성하면 돼."

찬현이가 묻는다.

"선생님, 저희도 독자예요? 독자는 특별한 사람들 같은데…."

찬현이는 '독자'라는 말을 다른 세계의 말로 여겼다. 독자라는 말은 찬현이의 세계에는 존재하지 않는 말인 거다. 책을 읽고 작가를 만나 대화하는 것은 일종의 문화 행위이다. 책을 통한 문화 행위가 이루어지는 세계는 나의 것이 아니에요. 이 고백과 다름없는 찬현이의 말에 가슴이 먹먹해진다.

"그럼! 너희는 무척 훌륭한 독자야! 서로 책을 읽어주면서 꼼꼼하게 작품을 읽고 많은 질문과 감상을 막 쏟아내잖아. 작가님이 자기 작품에 대한 이렇게 왕성한 반응을 보면, 아마 많이 기뻐할 거야."

"선생님, 그러면 알퐁스 도데 작가님도 모셔올 수 있으세요?"

"어…. 이분은 19세기 후반의 소설가야. 1897년에 돌아가셨다고 책날개에 나오네."

"아, 돌아가시지만 않았어도!"

"안 돌아가셨어도 모셔오기 힘들어. 프랑스 사람이야. 만약 모셔온다고 하더라도 돈도 많이 들고, 말도 안 통하고…."

생존해 있는 외국 작가의 작품은 수업시간에 되도록 읽지 말아야겠다. 아이들이 책을 재미있게 읽고, 외국 작가님을 모셔오라고 하면 난감하니까.

아이들은 이 소설의 마지막 장면을 가장 좋아했다.

저 수많은 별들 중 가장 가냘프고 빛나는 별 하나가 길을 잃고 내 어깨에 내려앉아 곤히 잠들었노라고….

이 장면에서 심장이 쿵쿵 뛰었단다. 설렜단다. 이 장면에 심장이 뛰었다니. 어른 아닌 소년 맞구나. 소설이 주는 즐거움을 경험했구나.

세상에서 사라진
놀이 3종 세트

3월 한 달 정도, 아이들에게 만화책 빌려주는 재미가 쏠쏠했다. 수업에 가는 나의 가방은 제수祭需 준비하는 날에나 등장할 만한 대형 장바구니인데, 만화책 무게 때문에 내 팔이 가래떡처럼 늘어지는 줄 알았다. 한 달 정도 지난 뒤, 수업에 들어와 참관하는 소년원 선생님이 만화책 가져다주는 게 금지사항이라고 했다. 그래서 이 놀이는 불과 한 달 만에 지구에서 사라졌다.

한동안 나는 아이돌 그룹 사진 가져다주기에 심취했다. 명함만 한 크기로 컬러프린트해서 가지고 가서 국어공부 열심히 하는 학생에게 상으로 한 장씩 줬다. 학습의욕을 불러일으키기에 이보다 효과적인 것이 없었다. 아이돌 그룹이 소년원 수업시간의 활기와 생기에 기여했다. 이것도 어느 날 소년원 선생님에게 제지당했다. 연예인 사진을 상으로 주는 게 금지사항이라고 했다. 이 선물도 세상에서 사라지게 되었다.

결정적으로 법무부를 탓하게 되었다. 나는 얼마 전에 소년원의 방 인원이 4~5명이라는 것과 저녁 시간과 주말에 방에만 있어야 한다는 것을 이용해 아이들에게 독서동아리를 만들게 하려는 작전을 세웠다.

작전 시작. 두 방의 아이들은 자신들이 '독서동아리' 활동을 하고 있다고 의식하지 못해야 한다. 나는 그저 국어반 두 명을 통해서 재미있는 책을 전해주기만 한다. 국어반 소년이 간단한 내용만 독서동아리 활동 일지에 적어서 나에게 주면 된다. 아이들은 이 제안을 마다할 이유가 없다. 책은 선물로 받는 것이다. 더구나 무료한 저녁과 주말에 슬렁슬렁 읽을거리가 생기는 데다가 읽고 나서 마음에 드는 문장만 입으로 대충 말하면 우리 국어반 학생이 적을 거니까.

청소년소설『페인트』열 권, 정리지 한 장, 당부할 말을 적은 종이를 준비했다. 두 명의 아이에게 작은 목소리로 말하는 순간, 제지당했다. 직원 모르게 책을 주면 안 된다는 것이다. 아, 독서동아리 놀이도 금지사항이었구나. 하지만 소년원 선생님이 자신이 도와주겠다고 한다. 되는 거구나! 두 방 학생들이 언제까지 책을 읽고, 읽은 후 숙제를 제출하고, 책을 기한 내에 정확하게 반납하도록 지도하겠다고 한다. 어, 이게 아닌데. 이게 아니라고요. 독서동아리는 누가 강제해서 하는 게 아니고, 지도받으며 하는 게 아니라, 자기가 좋아서 하는 게 매력이라고요. 독서동아리는 의무와 지도로 성사되는 게 아니고 재미로 성사되는 일이라고요. 아이들이 조금씩 즐거움을 느끼면서 따라오게 만드는 게 매력인 일이라고요.

역시 여기에서는 어떤 일도 어렵구나.

다단계 & 블라인드 & 신비주의 독서동아리

독서동아리 A와 B가 생겼다. 아직 이름 같은 것은 없다. 동아리 이름을 정하라고 하면 마음에 부담을 가질까봐 조심조심…. 소년들의 마음이 엇나가지 않게, 한 발씩만 나아가고 있다. 지난주에 두 방에『페인트』열 권을 주었으나 기대는 하지 않았다. 법무부 때문에 놀이를 망쳤다고 생각했다. 오늘 수업에 갔더니, 근철이와 강준이가 주섬주섬 뭘 꺼내서 나에게 준다. 나는 다 잊고 "이게 뭐야?" 했는데, 내가 준 동아리 활동 일지였다. 방 친구들이 모두 책을 읽고 기억에 남는 문장을 쓴 것이다.

희한한 독서동아리다. 다단계 독서동아리. 1단계는 내가 국어반 아이들의 마음을 홀랑 빼앗기. 2단계는 마음이 내게 넘어온 아이들이 내가 준 책 다섯 권을 자기 방에 가지고 가서 방 아이들에게 책을 나눠주고 책을 읽자고 하기. 3단계는 모여 앉아서 마음에 남는 문장을 옮겨 적는 것이다. 나는 독서동아리 소년들의 이름도 얼굴도 모른다. 블라인드 독서동아리. 이 동아리의 정체성은 두 가지로 정리할 수 있겠다. 다단계이자 블라인드 독서동아리.

상상하게 된다. 저녁에 방에서 소년들이 소설 읽기에 빠지는 모습. 같은 책을 읽다가 서로 한마디씩 툭툭 던지는 모습. 같은 책을 읽지 않은 사람은 알 수 없고, 할 수 없는, 통함. 누군가 "야, 다 읽었냐?"라고 묻는 모습. 국어반 아이가 다 읽었으면 모여보라고 말하고, 모여 앉아 마음에 남는 문장을 입으로 소리 내어 읽으면서 적는 모습. 소설에 대한 이런저런 이야기들을 나누는 모습. 그 방을 한동안 둥둥 떠다녔을 말들, 방의 공기를 가득 채웠을 말들을 상상한다.

끝끝내 아무도 그 말들을 알지 못하겠지. 그러면 어때…. 좀 모르면 어때…. 상상에만 존재하는 말, 목소리, 웃음소리, 감정이면 어때. 하나 더 추가해야겠네. 다단계 & 블라인드 & 신비주의 소년원 독서동아리.

"너무 고마워. 너희들 짱이다! 전국 소년원에서 독서동아리 최초야, 최초! 이렇게 열심히 써 오다니! 뭘 해도 잘할 놈들이야!"

동아리 일지를 가져온 강준이와 근철이에게 이런 칭찬을 막 날렸다. 수업이 끝나고 소년원 밖으로 나오자마자 독서동아리 일지를 얼른 꺼내 봤다. 궁금했다.

> "자동차는 고장 나면 고칠 수 있잖아. 나도 내 인생을 고쳐 보고 싶어."
> "누구도 탓하고 싶지 않아."
> "15점짜리 부모 밑에서 어쩔 수 없이 살아가는 아이도 있어."

"부모는 되는 것이 아니라 되어가는 것이다."[*]

마음이 저릿하다. 몇 글자 안 되는 분량의 활자에…. 독서는 철저히 자기 입장에서 읽는 행위다. 이를 사무치게 느낀다. 이 문장들에 한동안 머물렀을 마음. 나야 그 삶의 맥락을 알 도리가 없는 타인이지만, 책의 어떤 손길이 소년의 마음 쓰다듬고 지나갔으리라.

한 호흡을
매듭지어요

나의 수업을 지켜준 천사 내지는 수호신이 있었나 보다. 이렇게 순진한 아이가 바깥세상에서 무슨 범죄를 저지른 것일까? 범죄와는 어울리지 않는(?) 얼굴과 눈빛을 지닌 소년들을 만났다. 수업을 하면서 아이들과 정도 들고, 뭔지 모를 의리 비슷한 것도 생겼다. 수업 있는 날이면 보따리장수처럼 책에서부터 간식, 프린트, 수업재료를 싸서 짊어지고 가면서도 늘 신이 났다. 아이들에게 내가 '필요한 사람'이라는 기분에 더 신이 났다.

오늘 새로 들어온 학생 두 명을 보면서 이런 생각을 했다. 지금까지 내가 특별히 운이 좋았구나. 새로 온 학생은 눈빛이

[*] 이희영, 『페인트』에서.

나 존재의 느낌이 이질적이었다. 기존의 아이들은 나와 처음 만났을 때 조심하는 태도였다. 몇 달 같이 공부를 하면서도 사람에 대한 기본적인 예의를 지켰다. 지키려고 노력했다. 새로 온 학생 두 명의 공통점은 나와 처음 만난 사이임에도 조심하지 않는다는 것이다. 예의의 경계를 슬쩍슬쩍 넘나든다. 수업이 끝날 때쯤, 새로 온 학생과 소년원 선생님 사이에 사소한 일로 갈등이 생겼다. 그 아이는 우리를 앞에 두고 아무렇지도 않게 욕을 했다.

"씨발!"

교실 분위기가 순식간에 얼어붙었다. 두 살 형인 강준이가 보다 못해 한마디한다.

"야, 욕하지 마!"

강준이는 다음 주 금요일이면 집으로 돌아갈 것이다. 소년원에서의 수업 한 마디[節]가 끝나게 된다. 강준이가 집에 가고 나면, 3월 첫 주부터 나와 함께 공부를 해온 학생은 이제 없는 까닭이다. 7월에는 다시 시작하려고 한다. 같은 내용의 수업을 반복하는 일은 하지 않을 것이다. '나'란 사람은 똑같은 일을 되풀이해서 하는 것을 싫어하니까. 새로운 일 하는 것을 좋아하니까. 두 번째 마디의 출발에 설레야 할까. 아직은 설레지 못하고 있다.

강준이가 나를 많이 북돋아주었다.

선생님, 일주일 중에 국어시간이 제일 즐겁습니다. 일주일 동안 국어시간만 기다립니다. 국어시간 말고는 재미있는 일이 없습니다. 책이 이렇게 재미있는 건지 몰랐어요. 세상에 이렇게 재미있는 책들이 많은지 몰랐어요. 선생님, 저『회색 인간』두 번도 넘게 읽었어요. 시 외우기 너무 재미있어요.

　　강준이가 내게 해주었던 칭찬의 말들이다. 소년원이 낯설고, 소년원 아이들과의 수업에 긴장했는데, 강준이 덕분에 즐거운 마음으로 수업했다. 가끔 아이돌 가수 이름을 적어주며 사진을 출력해서 가져다줄 수 있느냐고 통사정을 해서 가수들 사진을 명함 사이즈로 출력해서 두어 번 가져다주었다. 이역시 즐거웠다. 나는 알지도 못하는 아이돌을 검색하고 사진을 출력하면서 아이들 생각도 하고, 요 사진들을 어떻게 약을 올리면서 나눠줄까 장난스러운 고민도 했다. 그러다 보면 아이들을 만나기도 전에 이미 즐거워져 있었다.

　　그나저나『사랑에 빠질 때 나누는 말들』저자 탁경은 작가님이 곧 오실 텐데, 두 명의 새로 온 학생이 책을 잘 읽어 올지 걱정이다. 아니, 그보다 더 걱정인 것이 있다. 그 학생의 입에서 또 욕설이 튀어나오는 건 아니겠지.

세상에는
좋은 사람이 많아요

　새로 들어온 두 녀석이 『사랑에 빠질 때 나누는 말들』을 읽고 올까? 왠지 두 녀석이 책도 안 읽어 오고, 4종 숙제 세트(작가님에게 편지 쓰기, 마음에 남는 구절, 작가님께 하고 싶은 질문, 이 책을 권하고 싶은 사람)도 안 해 올 것 같다. 책 안 읽어 와도 좋으니 신입생의 입에서 욕만 안 나오면, 오늘은 더 바랄 것이 없겠다.

　소년원 철문 앞에서 탁경은 작가를 만났다. 오늘도 이벤트 회사 직원 수준의 준비를 해서 갔다. 제수용 장바구니에서 현수막에서부터 주제도서 전시대, 작가님이 드실 물과 귀여운 독자들이 먹을 간식까지 줄줄이 사랑처럼 연이어 나온다. 나만의 기분일지 모르지만, 제법 질서정연하다.

　뜻밖에도 형순이가 책을 다 읽어 왔다. 심지어 4종 숙제 세트도 해 왔다. 표정도 부드러워졌다. 적어도 오늘 오전 중에 형순이의 입에서 욕이 튀어나올 것 같지는 않다. 일주일 사이에 무슨 일이 있었던 걸까? 소년원 선생님께 혼이 났나? 아니면 지난번에 "야, 욕하지 마!"라고 경고한 강준이 형에게 교육(?)을 받았나? 아무튼 형순이의 변화는 다행이다.

　사람이 유난히 생기를 띨 때가 있다. 평소보다 눈빛이 반짝이고 수다스러워지는 때가 있다. 탁경은 작가와 만난 소년들의 모습이 그러했다. 어쩌면 이렇게 할 말들이 많을까.

"결말이 명확하지 않아서 2편을 얼른 쓰셔야 할 것 같아요."

"2편은 언제쯤 볼 수 있어요?"

"다음 소설에 우리가 소년원에서 생활하는 이야기를 써주실 수 있어요?"

"현수의 모델이 된 실제 인물도 이 소설을 읽었나요?"

"동주의 모델이 된 실제 인물이 있나요? 그럴 리가 없어요. 너무 비현실적인 캐릭터예요. 키는 180에, 웃음은 해맑고, 머리카락은 부드럽게 바람에 날리고, 빛이 나는, 그런 사람이 어디 있어요?"

소년들의 수다는 아직도 끝나지 않았다.

"왜 현수가 서현이를 좋아하게 되는 것으로 이야기를 만드셨어요?"

"현수와 서현이의 사랑이 이루어지면 좋겠어요."

"소설에 나오는 소년원 이야기가 무척 사실적이에요."

처음 만난 작가 앞에서 이렇게 심한 수다쟁이가 되는 것은 개인의 성격 문제가 아니다. 같은 책을 읽은 사람들끼리 통하는 그것, 공감이나 소통이라는 흔한 단어로 설명하기에는 부족하다. 상투적인 말로 설명하고 싶지 않은. 세상에서 단 하나만 존재하는 장면이었다.

다섯 명의 소년 독자와 작가가 만났다. 작가에게 쓴 편지를 각자 읽고, 자신이 쓴 편지를 직접 선물로 드렸다. 손바닥보다 작은 카드에 작가에게 하고 싶은 질문을 써서 봉투에 넣어 엎어놓았다. 작가님이 하나씩 꺼내면서 답을 해주셨다.

나는 자그마한 규모의 작가와의 만남을 준비해본 적이 없다. 지난 4월과 5월에 있던 작가와의 만남 때마다 마음이 불안했다. 분위기 썰렁하면 어쩌지 하는 조바심이었다. 성공을 예측할 수 없다고 여겼다.

오늘에야 다른 생각, 다른 자신감이 들었다. 작가와 다섯 명의 소년 독자가 만난 자리는, 작가와 독자가 함께 '독서동아리 모임'을 하는 듯했다. 이러한 느낌은 처음이었다. 작은 규모여서 잘난 놈만 발표하는 불상사가 없다. 다 주인공이다. 대규모에서는 불가능한 일이다. 작가님이 자신만을 위해 오기라도 한 것처럼, 모든 아이들이 신이 나서 질문하고 까분다. 이러한 '까불기'는 자신이 온전히 받아들여졌다는 믿음이 있어야 가능하다.

학교에서도 마찬가지다. 예전에 근무하던 학교에 남궁증이라는 선배 교사가 있었다. 그 선생님과 나는, 네 명이 근무하는 작은 교무실에서 함께 근무했다. 당시 나이가 50대 중반 정도셨는데, 아이들이 이 선생님 앞에만 오면 그렇게 까불었다. 가만히 지켜보니 흥미로운 것이 있었다. 아이들은 마치 '남궁증 선생님이 나를 가장 예뻐한다'고 믿는 것처럼, 까불고 장난을 치는 것이었다. 비단 몇 명의 아이가 아니었다. 선생님을 찾아오는 모든 아이들이 그렇게 믿고 까불었다. 선배 교사의 내공이 대단하셨다. 아, 그때 알았다. 당신이 나를 배제하지 않을 것이라는, 나를 무시하지 않을 것이라는 믿음, 이 믿음이 있어야 사람과 사람 사이에 말도 마음도 자유로이 노닌다. 이러한 믿음이 없으면 꿈도 못 꿀 장면이다.

안녕하세요. 저는 탁경은 작가님의 『사랑에 빠질 때 나누는 말들』을 재미있고 인상 깊게 읽은 독자 찬현입니다. 일단 작가님을 만나게 되어 매우 영광입니다. 앞으로도 좋은 책들을 많이 내주셨으면 좋겠습니다.

저는 이 책을 읽고 현수의 모델이 된 아이가 이 소설을 알고 있는지 궁금했습니다.

이 책은 소년원 이야기를 바탕으로 했다는 점에서 흥미가 생겼고, 보육원 출신이었던 미슐랭 셰프가 "소년원 퇴소하고, 갈데 없으면 우리 식당으로 와라."라고 말한 것을 보고, 세상에는 좋은 사람이 많다는 생각을 했습니다. 나중에 저희 이야기도 소설로 만들어주세요.

– 독자 찬현 군 올림

찬현 군이 탁경은 작가님에게 쓴 편지다. 스스로를 '독자 찬현'이라고 칭한 품이 당당하다. 찬현이는 자신도 독자냐고 나에게 물었던 학생이다. 네가 얼마나 훌륭한 독자인지 말해줬더니 이제는 '독자 찬현'이라는 말을 아예 즐겨 쓴다. 내가 '찬현 군'이라고 불렀더니, 편지 끝에 꼭 '찬현 군 올림'이라고 쓴다.

오늘 탁경은 작가 강의를 듣고 찬현 군은 이렇게 썼다.

"내가 사고를 쳐서, 부모님이 경찰서에 왔을 때 슬펐다. 부모님을 볼 면목이 없었다."

찬현 군은 소년원에 있는 자신의 처지를 부모님에게 늘 미안해했다. 찬현 군은 소설을 읽고 '세상에는 좋은 사람이 많다'라는 생각을 하게 되었다. 찬현 군이 어른이 되고 또 어른으로 살아가면서 이 생각이 바뀌지 않았으면 좋겠다. 그 생각을 바꾸지 않아도 되는 삶이었으면, 그것이 가능한 사회였으면 좋겠다.

낮은 곳에서 수업을 하는
사람이 되었습니다

"선생님, 나 세상 제일 낮은 곳에서 수업을 하고 있는 것 같아."

"맞아요. 낮은 곳이죠 뭐. 그 정도면."

"그런데 나도 세상에서 가장 낮은 국어 교사가 된 기분이야."

"그렇기도 하죠."

허보영 선생님과 나눈 이야기다. 4개월 만에 처음 든 생각이었다. 그동안 낯선 세계에서 소년들과 새로운 이야기를 만들어가는 재미에 푹 빠졌었다. 소년원이라는 공간, 소년원에 있는 학생, 내가 이끌어가는 수업의 형태, 이 모두가 처음 경험해보는 새로운 것이었다. 처음이어서 아무것도 예측할 수 없었고, 날마다 불안하고 떨리는 수업이었다. 아이들은 뜻밖에도 순진했다. 우리는 수업 두 시간 동안 바깥세상의 일을 다 잊다시피 공부에 푹 빠졌다. 아이들과 있을 때 나는 의미 있는 사람이었다. 중요한 사람이었다. 수업이 끝나면 마음은 흔들렸고, 매번 꽉 찼다. 4개월이 지난 어느 날, 내 마음에서 누군가의 속삭임처럼 들려온 목소리. 낮은 곳에서 수업을 하게 되었구나. 세상 가장 낮은 곳에서 수업을 하는 사람이 되었어.

소년원에 가면서 시노래 '외로우니까 사람이다'를 크게 따라 부르다 보면, 또 수업 끝나고 나오며 소년원 옆 밭에 일주일 사이에 훌쩍 커버린 옥수수 대궁을 보면, 어느 순간 울컥한다. 미처 닦을 사이도 없이 눈물이 흐를 때가 있다. 이상하게도 말이다. 눈물이 흐르는 당시에는 내 마음의 이유를 몰랐다. 시간이 조금 흐른 뒤에야 알게 되었다. 그건 쓸쓸함이었다. 아이들과 함께 공부하는 시간은 나의 마음을 채우지만, 멀찌감치에서 보면 이 일은 흔적 없는 일이다. 투명 망토를 뒤집어쓰고 하는 일과 같다.

소년원이라는 곳은 되도록 사회 사람들의 시선에 띄지 않는 것이 미덕인 곳이다. 죄를 짓고 벌을 받기 위해 가둔 아이들이니, 환경이 열악해도 되고 인권을 보호하지 않아도 괜찮다고 여겨지기도 하는 곳이다. 우리가 수업하는 교실은 사람의 심리나 정서를 염두에 두지 않은 삭막하고 뒤숭숭한 환경이다.

이 아이들이 책을 읽고 영혼이 가는 길을 바꿔서 인간답게 잘 살기를 바라는 사람이 얼마나 있을까. 타인에게 위해危害를 가하지만 않으면 되는 낮은 곳의 인간, 또는 남들 눈에 잘 띄지 않는 투명인간으로 살아가기를 바라는 것은 혹시 아닐까.

내 쓸쓸함의 연원이었다. 금요일마다 만나서 소년들과 시를 외우고 책을 읽는 꽉 찬 시간은 어디로 가는 것일까. 어디에 쌓이고 있을까. 강 하구에 퇴적물처럼 조금씩 쌓이고 쌓이다가, 바다로 흘러가는 어귀에서 새로운 물길을 만나게 될까. 아니면 도로 옆에 쌓인 흙먼지처럼 풀꽃 위에 잠시 머물다가, 휙 지나가는 자동차가 일으키는 바람에 흔적도 없이 흩어져버리고 말까. 사라져버리고 말까.

강준이가 나에게
가르쳐준 것

강준이는 꼬박 넉 달 동안 나와 함께 공부했다. 그리고 오늘 집으로 갔다. 강준이가 집에 가는 날이 마침 국어수업이 있는 금요일이어서 다행이다. 언제 다시 만날지 알 수 없는데, 잘 살라고, 이런 곳에 다시는 오지 말라고, 인사는 하고 헤어질 수 있겠다. 수업하다가 문이 열리면 얼른 문 쪽을 돌아보았다. 강순이가 우리한테 작별인사 하러 왔나 하고. 번번이 다른 사람이었다. 아이들도 나도 강준이가 들르려니… 기다렸지만, 결국 강준이는 인사 없이 가버렸다.

수업이 끝나고, 소년원에 근무하는 선생님에게 물었다.

"선생님, 강준이가 인사도 없이 갔네요."

"아, 아버지가 오셨는데, 강준이가 이미 짐을 챙겨서 나왔길래 가라고 했어요."

"애들이 기다리고 있었는데…. 저도 인사도 못 했고…."

강준이는 우리와 작별인사를 하고 싶었을까. 틀림없이 그랬을 것이다. 소년원의 아이는 제 발로 걸어다닐 자유가 없다. 사무실에 간 아이가 교실로 오려면, 데리고 올 직원이 필요하다. 그늘도 없는 햇볕 뜨거운 운동장을 가로질러 걸어야 하고, 철문을 여러 번 열고 닫아야 한다. 데리고 갔다가 다시 데려오는 왕복의 수고로움이 필요하다. 이 더운 여름날에 말이다. 아마 번거로웠겠지. 순전히 나의 짐작이다. 강준이가 인사 없이 간 진짜 이유는… 모른다.

수업이 끝나고 소년원에서 나오니, 몸과 마음의 상태가 바닥이다. 날씨 때문인가. 며칠 동안 잠을 조금 자서 그런가. 일주일 내내 출장이 많아서 쏘다니느라 피곤해서 그런가. 카페에 가서 커피 한 잔을 앞에 두고 앉았는데 별안간 눈물이 쏟아졌다. 소년원에 대한 서운함이 절반이었다. 사람과 사람이 만나 마음을 쏟고 정성을 들이는 일이면, 만나고 헤어지는 일에 최소한의 예의가 있어야 하지 않을까. 적어도 같이 공부했던 진수들과는 작별인사를 나누게 해야 하지 않을까. 그 무례함에 조금은 분했다.

또 절반. 한 시절을 견딘다는 것을 생각했다. 한 시절을 견디는 일에는 늘 예상하지 못했던 사람들이 나타난다. 그들은 기대어 갈 마음의 언덕 하나 나에게 내준다. 덕분에 이런 길도 저런 길도 울지 않고 깔깔거리며 걷는다. 날마다 전화해서 늘 어놓는 온갖 푸념을 다 들어주는 이도, 새로운 일이 있는 길로 손을 끌어주는 이도, 어려운 일을 만나면 언제든 연락하게 되는 이도, 다 그런 사람들이다. 강준이도 그런 사람이었다. 소규모의 수업인 데다가 학습의욕이 낮은 녀석들이 많아서, 자칫하면 적당히 때우는 마음으로 보낼 수도 있었다. 하지만 강준이와 아이들은 다 같이 열심히 하고 뭐든 협력하려고 애썼다. 강준이는 나의 감정을 살피는 담당이기도 했다. '내가 너에게 무엇을 줄 수 있다'는 확신은 얼마나 건방진가. 얼마나 진실하지 못한 자만인가. 누가 누구에게 무엇을 주게 될지, 누가 누구에게 어떤 마음을 받게 될지 미리 알 수 없다. 인생이 그렇다. 강준이가 나에게 가르쳐준 것이다.

마침표를 찍다

어떤 마침표를 찍게 될까. 6월 한 달은 '사랑'을 주제로 걸어왔다. 리사이클링 팝업북 아티스트 안선화 작가님이 오셨다. 작가는 버려지는 그림책으로 팝업북을 만든다. 그림책의 종이는 코팅이 되어 있어서 재활용이 안 된다. 그림책은 소각하는 일반 쓰레기에 포함된다. 작가는 이것이 안타까워서 팝업북 만들기를 시작했다고 한다. 그래서 자신을 '정크 아티스트'라고 소개하기도 한다. 세상에 버려지는 그림책을 팝업북으로 다시 태어나게 하는 분이다.

교사 연수에 안선화 작가를 초대한 적이 있다. 어른인 교사들도 버려지는 그림책이 근사한 팝업북으로 탄생하는 순간 감탄했다. 또 하나, 이 활동을 하는 시간의 아름다운 지점이 있다. 오리고 붙이면서 만들어가는 동안 옆 사람과 두런두런 대화를 나누게 된다. 친해지고 마음이 편안해진다. 평화로운 시간이란 이런 공기를 뜻하는구나 하는 생각이 든다. 주제를 아우르며 손으로 뭔가를 만들어보는 일이 아이들에게도 의미 있고 평화로운 시간이 되었으면 좋겠다.

작가는 그림책으로 출간된 알퐁스 도데의 『별』을 가지고 왔다. 주위 아는 분이 이 책을 분리수거장에서 주워 전해주었다고 한다. 6월의 수업 주제로 만난 작품이어서 아이들은 반가워했다. 선생님은 책을 펼쳐 보여주며 설명해줬다. 아, 이런! 그냥 책이 아니었다. 작가의 손에서 다시 태어난 팝업북이었다. 마지막 페이지를 빗줄기처럼 세심하게 오렸다. 책장을 넘기면 빗줄기처럼 섬세하게 오려낸 종이들이 아코디언 몸통처럼 좌르르 펼쳐지면서 한 면으로 쏟아져 내린다. 작가는 스테파네트와 양치기 소년이 함께 밤을 지새우면서 바라보던 밤하늘의 별들을 이렇게 표현했다고 한다. 아름다웠다. 밤하늘의 무수히 많은 별, 끝없이 불어오던 밤바람이, 눈앞에서 스르륵 펼쳐졌다가 순간 사라졌다. 찰나의 아름다움이었다.

안선화 작가는 팝업북으로 만들 그림책들을 가지고 왔다. 책을 찢는 방법부터 설명하면서 만들기가 시작되었다. 근철이가 "아, 이런 거 초등학생들이나 하는 거 아닌가요?" 한다. 나는 얼른 "선생님은 팝업북을 만들어서 전시회도 하는 예술가야. 오늘 근철이는 예술 활동을 하는 거야."라고 말해주고 한마디 덧붙였다. "그러면 근철이는 초등학생보다 훨씬 잘할 수 있겠지?" 과연 그랬을까. 비밀로 해두겠다.

막상 만들기 시작하면 그렇게 단순하지는 않다. 좌우 무게와 균형도 생각해야 하고 미적인 점도 고려하면서 만들다 보면, 한 시간은 10분처럼 날아가버린다. 마음에 드는 그림을 일곱 개 골라서 가위로 오려야 한다. 그림의 선을 정교하게 오리는 일이 모든 아이들에게 쉬운 활동은 아니었다. 그래도 이 작업이 워낙 중독성이 강한지라, 하다 보면 자기도 모르게 열심히 하게 된다. 아이들도 어른들처럼 두런두런 이야기를 나누면서 시간 가는 줄 모르고 오리고 붙인다. 어른들과의 차이라면 두런두런 나누는 이야기의 내용이었다. 요 녀석들이 계속 범죄에 대한 대화를 나누는 거다. 어느 방의 누구는 사기죄로 들어왔다, 아무개는 게임장에서 무엇을 하다가 걸려서 들어왔다, 이런 범죄 이야기. 안선화 작가가 당황할 것 같아서(이미 당황했을지도 모르지만), "이제 그런 얘기는 그만하자."라는 말로 급히 중지시켰다.

나는 좋고 싫음이 분명한 사람이다. 교사로서 미덕이라고 할 수는 없을 것 같은데, '천사 같은 선생님'은 아니다. 아니다 싶은 상황에서는 상하좌우를 막론하고 한마디 쏘아붙이는 것이 타고난 성품이다. 그러다 보니 주위에 나를 편하게 여기지 못하는 사람이 늘 있는 편이다. 나의 못난 지점이라 여긴다. 이런 면은 아이들에게도 가끔 표출된다. 무척 못마땅한 아이가 있을 때 그렇다. 요즘 문수가 그렇다. 찬현이를 칭찬하면 문수는 이렇게 말한다. "선생님, 찬현이만 칭찬하면 저는 뭐가 돼요?" 아이들이 네 명인데 초콜릿을 여섯 개 준비해가면 아무렇지도 않게 세 개를 가져가는 아이, 읽을 책을 주면 다른 아이들은 좋아하고 고마워하는데 심드렁한 얼굴로 한 손으로 쓱 받는 아이. 생각할수록 얄밉다. 문수의 이런 면이 괘씸하게 여겨질 때, 나는 마음을 숨기지 못하고 꼭 한마디 한다. "문수야, 너도 숙제를 잘하면 칭찬해줄게."라든가, "문수야, 너만 초콜릿을 세 개 먹으면 되겠니?" 하고야 만다. 아마 나의 표정에도 못마땅함이 드러날 것이다. 이대로는 안 되겠다. 얄밉게 여기는 것에 가속도가 붙으면 제어가 안 된다. 7월에는 문수를 예쁘게 여길 테다. 작전을 잘 짜봐야지.

　　찬현이가 안선화 선생님에게 묻는다.

"선생님, 여기 오시니까 어떠세요?"

"여기? 다른 학교에 간 거랑 똑같은데."

"그래도 소년원에서 강사로 와달라고 했을 때 기분이 좀 그렇지 않으셨어요? 안 오고 싶지 않으셨어요?"

"아니, 난 그런 마음 전혀 없었어. 나는 나를 불러주는 곳이면 전국 어디든 가. 제주도까지도! 찬현이 너는 왜 그렇게 생각해?"

"그런 거 있잖아요. 사회 사람들도 '소년원' 하면 안 좋게 생각하고, 이상한 아이들 있다고 생각하는 시선, 그런 거 있잖아요."

소년원의 아이들은, 찬현이처럼 가슴에 얼음덩이를 하나씩 안고 있다. 소년원에 있을 때야 위축된 마음이 드러나지 않을 것이다. 바깥세상에 나가면 얼음덩이 같은 마음은 수시로 고개를 들 것이다. 내가 어디 다녀왔는지 아는 거 아닌가. 내가 어디 다녀왔다고 나를 이렇게 대하는 건가. 나를 경계하는 건가. 나를 배제하나. 이런 마음들. 성실한 나의 모습을 타인에게 보이는 것보다 더 어려운 일이 있다. 그것은 자기 마음의 문제다. 나를 바라보는 나의 시선이다.

소년들은 다 큰 우리들이 이런 걸 해야 하나? 하는 시큰둥함으로 시작했지만, 팝업북이 귀엽게 또는 멋있게 만들어지면서 "우아, 제 책 멋있지 않아요?" 하는 말들이 감탄사처럼 터져 나왔다. 찬현이는 "이 책 부모님에게 선물로 주고 싶어요. 다음 주에 부모님이 면회 오는데, 이 책 드릴 수 있나요?"라고 묻는다. 문수는 "저는 여자친구에게 선물로 줄래요." 하길래, 내가 "여자친구 있어?" 물으니 "아니요, 아직 없어요. 생기면 주고 싶어요." 한다.

마침표를 제대로 찍게 되었다. 얼기설기 짠 계획으로 대충 비틀거리며 한 달을 걸었으나, 마침표만큼은 큼직하게 찍었다. 아이들이 결국 '사랑'의 영토에 잠시나마 머무르게 되었으니까. 사랑하지 않는 이에게는 선물을 주고 싶은 마음이 생기지 않는다. 부모님에게, 또는 미래의 여자친구에게 선물하고 싶은 마음이 생겼다는 것은, 마음에 사랑을 담게 된 것이다. 소년들은 팝업북을 만들면서 자신도 모르는 사이에 사랑하는 사람을 떠올렸다. 이 생각을 하게 된 5초의 시간을 위해서 우리는 한 달을 함께 걸어왔다.

주제를 정하고 한 달 동안 정성을 들인 수업이 아이들에게 어떤 영향을 얼마만큼 끼쳤을까. 드라마나 영화 같은 극적인 변화, 그런 것은 없다. 그러면? 미풍 같은 것 아닐까. 그저 평소에 불어오던 바람과는 아주 조금 다르게 느껴지는 결의 바람이 뺨 한쪽에 살짝 닿았다가 스쳐갔을 것이다. 딱 그 정도였으리라. 변화시킬 수 없음이 이곳에서 나의 몫이다. 평소와 다른 결의 바람을 잠깐 느끼게 하는 것, 이것이 나의 최대치이자 한계이다. 그런 것 같다, 아마도. 무언가를 이루기 위해 있는 힘껏 노력하고, 그 결과물이 나뭇가지가 늘어지도록 주렁주렁 열리는 인생의 시기, 그런 시절도 있다. 그런가 하면 지금은 마음과 정성을 들이고 허전함과 쓸쓸함을 받아서 주머니에 넣고 길을 걸어야 하는 그런 시기인 것이다. 이 생각을 하면 나는 잠시 슬퍼진다.

가을

명구는 2년 만에 세상으로 나가는데
아무도 오지 않았다.
어머니도 아버지도 가족도 친구도,
그 누구도 오지 않았다.

너는 여기
왜 왔어?

　학생이 새로 오면 소년원 선생님은 서류를 보내서 알려준
다. 이 서류를 펼쳐볼 때, 나는 살짝 긴장한다. 첨부물로 같이
온 중학교 생활기록을 보면 별일 없는 경우는 드물다. 무단결
석이 많은 경우도 있고, 학교폭력 관련 사실이 적혀 있을 때도
있고, 부정적이거나 소극적인 태도를 적은 말이 있기도 하다.
새로운 학생에 대한 나의 긴장은 일정한 패턴의 상상 때문이
다. '험상궂거나 사납거나 공부를 안 하려고 하면 어쩌지? 입
만 열면 욕이 튀어나오면 어떻게 하나?' 하는 상상이다. 고백
하건대 '이번에는 어떤 귀여운 녀석이 올까?' 하는 생각은 한
번도 해본 적이 없다. 다섯 달 동안 거짓말같이 귀여운 아이
들을 만나왔고, 그 녀석들과 즐겁게 공부했으면서도, '새로 온

학생'에 대한 고정관념은 좀처럼 바뀌지 않는다. 사람의 고정관념과 편견의 뿌리가 이렇게나 깊다.

새로 학생이 왔다. 이유성. 나와 처음 만나는 학생들은 대체로 어색하고 굳은 표정으로 첫인사를 나눈다. 아무래도 소년원이라는 공간적 특성과 처음이라는 상황 때문이리라. 유성이는 교실 문을 열고 들어오면서, 스스럼없이 살짝 웃으며 "선생님, 안녕하세요?" 인사를 한다. 웃는 입꼬리가 산뜻하다. 이웃에 사는 상냥하고 인사성 바른 소년을 만난 듯하다. 나도 과장된 반가움으로 인사한다. 유성이가 아닌 다른 학생과의 첫 만남 때에도 그렇다. 어서 빨리 무장해제해야 수업이 즐거워지기 때문이다. 일명 '마음 사르르 녹이기 대작전'. "안녕? 어서 와~ 네가 유성이구나! 만나서 정말 반갑다! 같이 국어공부하게 돼서 너무 반가워!" 온갖 부사어가 넘치는 말에 이어서, 내 입에서 나온 말. "어우, 예쁜 학생이 들어왔네." 유성이의 인상이 그만큼 좋다.

새로 온 학생을 만나자마자 "너는 여기 왜 왔어?"라고 물어본 적은 한 번도 없다. 아이의 입에서 어마무시한 어휘들이 나오면 내가 당황할 것 같았다. 감당이 안 될 것 같았다. 그보다 국어수업에 꼭 필요한 정보는 아니라고 생각했다. 친해지고 난 뒤 슬쩍 물어본 적은 있었다. 하지만 "아이쿠, 왜 그랬어. 다시는 그러지 마."라는 말 말고는 달리 해줄 수 있는 말이 없었다. 인상이 싱글싱글한 유성이에게 나도 모르게 물어봤다. 너는 여기 왜 왔어?

"보호관찰법 위반으로 왔어요."

"그게 뭔데?"

"보호관찰 기간에 채워야 하는 상담 시간이 있는데, 그걸 덜 채웠어요."

"그게 그렇게 큰 죄야?"

"네, 보호관찰법 위반이 꽤 큰 죄래요."

"그렇구나. 상담 시간을 채우지 그랬어."

말할수록 국어 선생은 아는 것이 없다. 안 물어보는 것이 나을 뻔했다. 딱히 해줄 수 있는 말이 없으니 말이다.

수업이 끝날 무렵, 유성이가 자신의 SNS 아이디를 나에게 적어준다.

"이걸 나한테 왜 적어줘?"

"선생님, 제 SNS 한번 봐보셔요. 머리 길어서 파마한 사진 있거든요. 지금보다 훨씬 나아요. 꼭 보세요! 아, 머리만 짧게 안 잘랐어도 괜찮은데…."

소년원에 들어와 머리카락을 짧게 잘라서 스타일이 망가졌다는 말이구나. 스타일이 중요한 소년이었어. 웃음이 났다. 유성이, 너 지금 머리 짧아도 예쁘거든!

수업 끝나고 소년원을 나오자마자 유성이 SNS에 들어가보았다. 파마를 어떻게 예쁘게 했길래 그렇게 자랑하고 싶어 하는 거야. 어우, 그냥 연예인이네. 오늘에야 알았다. 아이들이 소년원에 들어오면 미모가 평소의 절반이 된다.

『너만 모르는 엔딩』은 명랑한 SF소설집이다. 우리는 그중에 「기록되지 않은 이야기」를 함께 읽었다. 외계인이 지구 주부들의 대화를 엿듣다가 지구의 비밀병기, 지구를 지키는 존재가 있다는 것을 알게 된다. 그것은 '중딩'이다. 이 때문에 외계인은 중딩을 잡으러 지구에 온다. 우여곡절 끝에 중딩은 지구의 비밀병기가 아니라는 것을 외계인은 알게 된다. 중딩 또한 현재를 살아가는 보통의 존재들이라는 것을 깨닫고 떠난다는 내용이다.

"이야기 어떠니?"

"어우, 소설에 욕이 왜 이렇게 많이 나와요?"

"욕이 많이 나와서 어땠어? 좋았어?"

"아뇨! 좋을 리가 없죠. 싫어요."

푸하하. 나는 정말 이렇게 소리 내서 웃었다. 평소 자신들이 하는 욕의 총량을 생각하면 새 발의 피일 텐데, 이 정도 분량의 욕에 분개하다니…. 웃음이 났다. 그래도 '욕설'을 객관화해서 볼 수 있는 마음이라니 얼마나 다행이야.

"나머지는 각자 읽어 올까요?"

"아니, 수업시간마다 소설 한 편씩 읽을 거니까, 읽지 말고 다음 주에 이 책을 가지고 오렴."

"어우, 읽고 싶어질 것 같은데…."

통상적으로 학생들에게 책을 읽히는 것은 쉽지 않은 일이다. 교사들은 아이들에게 책을 읽게 하려고 갖은 궁리를 다 한다. 그런데 우리 학생들은 자발적으로 읽어 오겠다고 이 아우성이다. 교사가 읽지 말고 오라는데도, 책을 읽고 오면 안 되느냐고 간절하게 호소한다. "아무튼 읽고 오면 안 돼!" 참 이상한 국어시간. 독서를 금지하는 이상한 국어 선생님이다.

다음 주에는 국어수업이 없다. 다다음 주에 보자고 했더니, 소년들은 금세 서운한 표정이 된다. 근철이는 "그러면 다음 주에는 우리 방 독서동아리 책이 없는 거예요?" 하며 약간 화까지 낸다. 찬현이는 "일주일 중에 국어시간이 제일 좋은데, 다음 주에 수업이 없다니…." 하면서 아쉬워한다.

수업이 끝나고 찬현이가 교실 문 앞까지 내 짐가방을 번쩍 들어다준다. 열 걸음 정도 되려나. 열 걸음은 이동의 자유가 없는 찬현이가 짐을 들어다줄 수 있는, 찬현이에게 허용된 최대한의 거리이다. 짧은 거리지만 찬현이의 마음이 전해졌다. 이동의 자유가 있다면 찬현이는 주차장까지 나의 짐을 번쩍 들어다주고 싶었을 것이다. 다음 주 수업이 없어서 그런가. 오늘따라 아이들이 "선생님, 안녕히 가세요.", "선생님, 다다음 주에 뵈어요." 인사를 몇 번씩 되풀이해서 한다. 가끔 2주 만에 수업을 하는 것도 괜찮네. 이렇게 아쉬움노 주고 받이야. 달콤하다. 별 볼일 없는 국어 교사를 이렇게 반겨주고, 별다를 것 없는 국어시간을 일주일 중에 가장 즐거운 시간이라고 말해주는 아이들을 만나다니….

　책을 살 수 있는 예산을 톡톡 털었다. 그랬더니 사무실의 책장 두 칸을 책으로 채웠다. 한 달 정도는 독서동아리 아이들에게 걱정 없이 책을 줄 수 있겠다. 휴우, 안도의 한숨을 쉬었다. 그다음에는 어떻게 하지? 독서동아리 아이들에게 책을 계속 선물할 수 있을까? 그때 가서 생각하자. 어떻게든 되겠지.

　독서동아리 활동에 필요한 최초의 밑천은 사람이다. 그다음은 사람 수만큼 갖춘 책이다. 떡볶이를 하려면 떡과 조리도구가 필요하고, 수영을 배우기 위해서는 수영장과 수영복이 필요하듯이 말이다. 너덧 명이 모여야 하고, 동시에 같은 책을 읽어야 감상을 나누든 책대화를 하든 할 수 있다.

　학교는 도서관에 독서토론을 위한 책들을 갖추고 있어서 아쉬울 일이 없다. 아이들이 제 발로 서점에 걸어가서 책을 살 수도 있으니 걱정이 없다. 지금은 아쉽다. 소년원 아이들은 대개 독서 경험이 적고 독서 수준이 낮은 편이다. 어떤 청소년이어도 흥미 있게 읽을 수 있는, 교집합에 해당하는 '좋은 책'이 필요하다. 어떤 책이 됐든 읽어낼 수 있는 아이들이 여기에는 거의 없다. 내가 근무하는 교육청에도 이 아이들을 위한 복본 도서가 없고, 소년원에도 없다. 더구나 우리의 소년들은 제 발로 걸어서 서점에 갈 수도 없다. 아쉬울 수밖에….

　나는 다단계 & 블라인드 & 신비주의 독서동아리 아이들에게 책을 빌려주고 싶지 않다. 책을 빌려주고 회수하는 것이 아닌, '사회의 어른이 주는 선물'로 주고 싶다. 이건 네 책이야. 사회의 어른들이 너에게 주는 선물이야. 이런 다정한 마음. 생존에 필요한 기본적인 것만 갖춘 소년원 방 사물함에 '너만의 책꽂이'를 만들어주고 싶다. 자신이 열심히 읽은 책들로 채워진 '나만의 서가'가 주는 잔잔한 기쁨을 소년에게 선물하고 싶다. 집에 갈 때 책을 가지고 가든 친구들에게 주고 가든 그것은 아이의 선택이다. 손으로 만질 수 있는 것은 아니지만, 먹어서 배가 부른 것도 아니지만, 마음에 아로새겨질 즐거움과 뿌듯함을 선물하고 싶다.

짐작하건대, 이 일은 책이라는 존재의 물성物性을 뛰어넘을 것이다. 자격증 취득이나 기술 수련과 같이 눈에 보이는 성과로 이어지지는 않지만, 몸과 마음에 각인되는 원체험原體驗이 되기 때문이다. 삶의 어느 길에서 다시 발현될 것이다. 어른으로 살아가다가 자기 삶에 되살리고 싶은 일이 되리라. 그렇게 믿고 있고, 그렇다고 믿고 싶다.

아마 전국에서 최초의 소년원 독서동아리가 되겠지. 얼굴도 이름도 책대화 내용도 미지의 영역에 있는 신비주의 독서동아리. 아이들은 이제 자연스럽게 인정하게 되었다. 자기네가 '독서동아리 활동'이라는 것을 하고 있다고 말이다. 20년 가까이 살다가 어느 날 비로소 "제가 여태껏 '숨'이라는 것을 쉬고 있었어요."라고 인정하듯이…. 다음 주에는 독서동아리 이름을 지어 오라고 했다.

독서동아리에서 네 번째로 읽은 책은 만화 『욱하는 나를 멈추고 싶다』이다.

> "이런 방법으로는 아무것도 해결할 수 없어."
> "단점이 없는 사람이 어디 있어?"
> "욱하지 않으려면 나 자신의 '마음'에 초점을 맞출 필요가 있다."[*]

아이들이 적은 인상 깊은 문장은 남의 일기장을 읽는 것 같았다. 얼굴도 모르는 아이의 마음 한복판에 별안간 서게 된 듯하다. 학교에서 전교생의 독서토론 수업을 이끌고, 몇백 명을 독서동아리에 발을 들여놓게 하고도 미처 몰랐다.[**] 인상 깊은 문장을 쓰는 것이 마음을 들키는 결정적인 방법이라는 것 말이다. 마음의 맨살이 드러나게 된다. 그래서 몇 글자 안 되는 문장에 가슴이 뻐근하다.

근철이가 방 친구들의 반응을 전해주었다. 이번 책이 만화여서 읽기 편했고, 재미있게 읽었단다. 덧붙여 자기네 방 친구들이 걱정을 한다고 한다.

"무슨 걱정을?"

"너네 국어 선생님이 우리 책 사주느라 돈 너무 많이 쓰시는 것 아니냐고 걱정해요, 아이들이. 이렇게 받기만 해도 되냐고 그러던데요."

---

[*] 다부사 에이코, 『욱하는 나를 멈추고 싶다』에서.
[**] 홍천여고에서 허보영 선생님과 함께 학생 독서동아리와 독서토론 수업을 운영했고, 그 경험을 『독서동아리 100개면 학교가 바뀐다』에 자세히 기록해놓았다.

사비로 책을 구입하는 것은 아니다. 이렇게 남 걱정도 잘하는 아이들이 도대체 왜 소년원에 와 있는 거야.

그런 마음
가지지 말아요

수업이 없던 2주 동안, 마음이 공연히 힘들었다. 감정의 바닥 어디쯤에서 헤맸다. 나의 수업이 앞으로 굴러가고 있는지, 제자리 걷기만 하는 것인지…. 이 생각에 빠지면 심란해지고는 한다. 학생들이 시도 때도 없이 드나들다 보니, 지속성을 가지고 무언가를 시도하는 것이 힘든 까닭이다. 장기적인 목적을 가지고 수업을 한 후, 그것의 실효를 알아보기 힘든 구조다.

감정의 기복이 심하기도 하다. 20대 때에는 누가 정기적인 모임을 하자고 하면, 그날 내 기분이 어떨지 모르는데 어떻게 미리 약속을 잡지?라는 생각을 자연스럽게 했다. 그때는 세상 사람들이 다 나처럼 감정의 널을 뛰며 사는 줄 알았다. 지구에 사는 모든 이가 해 질 무렵에는 모두 나처럼 가슴이 심하게 울렁거리는 줄 알았다. 세상살이 경력이 늘면서 덜해지기도 했지만 말이다.

나의 머릿속에서는 사표를 써보기도 하고, 직업을 바꿔보고, 낯선 나라에서 맥주를 마시기도 하고, 낯선 나라의 골목을 하염없이 걷기도 했다. 지겨움에 몸이 녹아내리기도, 지나간 것에 대한 미련으로 마음이 후덥기도 했다. 뜨거움도 용기도 없는 나의 삶이 퍽 지긋지긋했다. 무엇보다 앞으로 나아가지 못하는 수업, 전망을 가지기 힘든 수업이 싫어졌다. 아이들을 만나 웃고 떠들며 수업하던 2주 전의 나와 2주 후의 나는 다른 사람이 되어버린 것 같았다. 내가 이렇게 다른 사람이 되어버렸는데, 아이들은 어떨까. 아이들도 달라져서, 우리는 예전의 유쾌한 수업의 결을 잊고 또 잃게 되는 것은 아닐까.

시간이 지났는데 아이들이 오지 않는다. 아침 조회가 길어져서 그렇다고 소년원 직원이 전해준다. 아이들을 기다리며 조촐한 '환대의 세팅'을 해보았다. 환대의 세팅은 밥상을 차리듯 책상을 차리는 것이다. 오늘은 사과주스와 조금의 과자, 귀여운 스티커를 붙인 수업 유인물, 애들이 좋아라 하는 삼색 볼펜을 차려내었다. 누군가와의 만남을 기다리는 최소한의 준비지만, 오늘 공부가 즐거웠으면 하는 마음을 꾹꾹 눌러 담는다.

20분 정도 늦게 아이들이 왔다. 2주 만이다. 얼굴빛이 조금씩 그을렸다. 뜨거운 여름 햇볕 때문이겠지.

"선생님, 아주 오랜만에 만나는 것 같아요."

찬현이가 웃으며 반가워한다. 아이들은 약속대로 책을 읽어 왔다. 숙제도 아닌데 손편지 쓴 것을 나에게 건네준다. 독서동아리 일지도 잊지 않고 가지고 왔다. 나를 보고 활짝 웃으며 "선생님, 안녕하세요." 인사를 한다. 마치 나에게 이런 말을 건네는 것 같다. '선생님, 그런 마음 가지지 말고 마음 풀어요. 즐겁게 국어공부 해야죠.' 누가 누구에게 힘이 되고 있는 것일까. 방향이 모호해진다. 경계가 흐릿해진다.

읽고
또 읽었어요

형순이가 돌아왔다. 소위 '징벌방'이라고 불리는 1인방에서 보름을 지내다가 귀환했다. 방 밖으로 한 걸음도 나가지 못한 채 방 안에서만 15일을 보낸 것이다.

"형순아, 많이 힘들었지? 고생 많았어."

"네에, 좀 힘들었어요. 엄마가 많이 속상해하셨어요."

"그래, 엄마가 얼마나 속상하셨겠니….."

"방에서 계속 책 읽었어요."

"책? 무슨 책?"

"『싸이퍼』랑 『사랑에 빠질 때 나누는 말들』, 번갈아가면서 읽었어요. 달리 할 일이 없어서요. 읽을수록 재미있더라고요."

형순이는 이중으로 갇혔었다. 갇힌 공간(소년원) 안의 갇힌 공간(징벌방)에서 책 두 권을 보름 동안 반복해서 읽었다고 한다. 이런 순간에는 뭐라 답을 해야 할까. 알맞은 답을 찾지 못했다. 보름의 시간은 심심하다기보다는 외로웠을 것 같다. 그곳에서 겪었을 많은 감정들, 그곳에서 만났을 많은 '나'들, 그 시간에 두 권의 책이 형순이와 함께 있었다. 탁경은 작가의 소설이 소년에게 특별한 책이 된 것이다. 형순이는 탁경은 작가의 책을 읽었는데, 징벌방에 들어가느라 작가님을 못 만났던 학생이다. 수업이 끝나고 탁경은 작가에게 형순이의 이야기를 전해줬다. 작가님은 마음이 먹먹하다고 한다. 책 읽고 궁금한 것을 써서 보내면 꼭 답장을 해주겠다고 한다.

　세상 사람들이 미처 상상하지 못했던 이야기. 중고생들은 공부의 양이 많아서, 스마트폰과 붙어 있어서, 책을 줘도 읽지 않거나 읽지 못하는 경우가 많다. 그런데 사회로부터 배제된 공간, 그 안에서 한 번 더 격리된 방에서 소년은 책을 읽었다. 읽었던 책을 읽고 또 읽었다. 소년의 외로운 시간에 함께 해준 존재가 다름 아닌, 책이었다.

　소년원에 갇혀 있는 동안이야 할 일이 없어서 그렇지, 사회로 나가면 다시 나쁜 짓 하며 살아갈 아이들이야. 타인에게 고통을 준 가해자들이 책은 읽어 뭐 해. 남한테 해나 안 끼치고 살면 다행이야.

　이런 마음은 차갑다. 사람의 온기보다 얼음의 냉기가 느껴진다. 쉽고 좋은 책을 소년의 손에 자꾸 쥐여주고 싶다. 그것은 결국 '책'이 아니게 될 것이다. 책이 아닌 다른 '무엇'으로 화化할 것이다. 우리는 소년에게 책을 주지만 소년이 손에 받은 것은 자신을 돌보며 사는 마음 아닐까. 다른 사람과 어울려 살 수 있는 마음 아닐까.

　쉬는 시간, 교실 앞을 지나가던 명구가 인솔하던 선생님을 통해 나에게 편지를 전해주고 맞은편 교실로 얼른 들어간다.

　　　현숙 쌤, 저 명구예요.
　　　다름이 아니라 선생님께서 주신 책을 읽고 있는데, 쌤 생각이
　　　나서 편지를 적게 되었습니다.

저는 요즘 고졸 검정고시 준비를 하고 있습니다. 선생님이 수업하시는 날마다 인사를 드리려고 하는데, 박과장님께서 계속 막으셔서 인사를 못 드리고 있어요.

현숙 쌤, 곧 있을 작가님과의 만남에 저를 불러주셔서 감사합니다. 검정고시 잘 보고, 좋은 소식 가지고 갈게요. 쌤도 아프지 마시고 잘 지내십시오. 이만 글 줄일게요. 곧 뵙겠습니다.

명구는 집에 갈 날이 아직 멀었다. 듣기로는 감정 조절이 어려워서, 그 때문에 가끔 사건을 일으키고, 또 그 때문에 집에 갈 날이 점점 늦어지고 있다고 한다. 국어시간에 만난 명구는 경상도 사투리가 스민 억양으로 시를 읽는 아이, 첫 만남 때 수줍은 표정으로 "선생님, 저 책 읽는 거 좋아해요."라고 말했던 아이, 작가 소개 자료를 파워포인트로 멋있게 만드는 소년이었다.

명구는 봄에 국어반에서 함께 공부했다. 중졸 검정고시에 합격한 '탓'에 6월부터 자격증 반으로 옮겼다. 국어수업에 활력을 주는 학생이어서 '빼앗기고' 싶지 않았다. 교사들은 이럴 때 학생을 빼앗기는 것 같은, 가벼운 피해의식에 사로잡힌다. 소년원 선생님께 최영희 작가님이 올 때 명구와 도운이도 참석하게 해달라고 부탁드렸더니 좋다고 해서, 지난주에 명구와 도운이에게도 최영희 작가의 책을 전해주었다. 그랬더니 이렇게 편지를 준다. 저녁에 책을 읽다가 내 생각이 나서 편지를 쓰게 되었다는 말이 가슴으로 걸어 들어온다. 요란하지 않은 걸음이다. 스마트폰도 전화도 인터넷도 없던 시대에, 우리는 이렇게 편지를 즐겨 썼을까. 마음이 연이은 글자가 되어 누군가의 가슴으로 총총히 걸어 들어가고는 했을까.

잘 지내고 있으면
되었습니다

우편으로 서류봉투를 받았다. 어라, 익숙한 글씨체. 나와 4개월을 꽉 채워서 공부하고 집으로 간 강준이의 글씨다. 단번에 알아봤다. 중학교 학력 인정 관련 서류를 보내온 것이다. 이 녀석, 집에 가고 연락 한 번 없더니 잘 지내고 있나 보구나. 이 서류 보낼 때 소식을 전하려고 감감무소식이었구나. 봉투를 거꾸로 들어 탈탈 털었다. 편지는 어디쯤에 들어 있으려나. 편지는 없었다. "저는 잘 지내고 있습니다, 선생님." 이런 메모조차 없었다. 봉투에는 오로지 서류만 들어 있었다. '교사의 학생 사랑은 통상적으로 짝사랑'이라는 말은 진실이다. 오늘부터 인정해야겠다.

아무튼 잘 지내고 있으면 되었습니다.

내일을
기약하지 않는다[*]

'헤어반', 근철이가 지어 온 독서동아리 이름이다. 근철이
방 친구들이 독서동아리 이름 짓기에 대해 제대로 이해하지
못했나 보다. 이름은 다음 주를 기대하련다. 근철아, 멋있는
이름을 지어 오렴.

지난주 독서동아리 책은 축구선수 손흥민의『축구를 하며
생각한 것들』이었다. 친구들의 반응은 어떠했을까? 어렵지
않은 이야기지만 분량이 제법 많은 편이다. 근철이의 말로는,
친구들이 흥미롭게 읽었다고 한다. 축구 이야기도 좋았고 손
흥민 선수 사진도 많이 나와서 좋았다고 한다. 내 눈으로 볼
수 없으니 근철이의 말을 믿는 수밖에 없다. 이것 말고도 궁금
한 것이 있다. 사실은 많다.

"책을 어디에 보관해?

"사물함 안에 넣어두어요."

"쌓아놓아? 아니면 책꽂이처럼 옆으로 꽂아놓아?"

"책꽂이처럼 옆으로 꽂아놓죠."

"그러면 너희 방 친구들은 다들 자기 책이 다섯 권 이상은
있겠네."

"당연하죠. 저는 선생님이 주신 책만 열다섯 권은 되는데!"

<hr>

_* 이 이야기가 독서동아리 활동 마지막 편이다. 강준이가 있던 방은 강준이가 집
에 가면서, 근철이가 있던 방은 근철이가 국어수업에 더 이상 오지 않게 되면
서 독서동아리 활동이 이어지지 못했다.

"친구들이 자기 책 늘어나서 좋아해?"

"네, 엄청 좋아하죠. 집에 갈 때 가지고 갈 거래요."

북한 학생들의 독서 실태를 알기 위해서, 북에서 온 학생과 나누는 대화가 이와 비슷하지 않을까. 내 눈으로 확인할 수 없는 것을 오로지 상대의 말에 의존해서 상상하니 말이다. 블라인드 & 신비주의 독서동아리에 어울린다. 근철이의 말을 들으며 나는 상상한다. 상상만 한다. 아, 사물함 안에 책을 꽂아놓는구나. 조르르 꽂아놓은 책등이 얼마나 알록달록 예쁠까. 사물함 안에 책이 몇 권이나 더 들어가려나. 아이들은 책이 늘어가는 걸 보면서 기분이 어떨까. 궁금하다. 너무 궁금하다. 하지만 궁금함에서 멈춘다. 멈출 수밖에 없다.

독서동아리의 본래 영혼은 강제 아닌 자유, 학습이 아닌 놀이다. 그래서 체계적이고 지속적인 활동에 집착하지 않는다. 수준 있는 책, 점차 심화하는 독서를 억지로 권하지 않는다. 그러면? '또 놀고 싶은가'가 관건이다. 오늘 재미있게 놀아야 내일 또 놀고 싶다. 체계적으로 놀아야 해. 꾸준히 놀아야 해. 이런 강요는 놀이에 조화롭지 않다. 독서동아리도 마찬가지다. 어린아이들은 놀 때 꾸준함과 체계성을 염두에 두지 않는다. 놀이는 그저 오늘 재미있게 놀고 각자 집으로 돌아가면 그만 아닌가. 내일을 기약하지 않는다.

책꽂이를, 독서 모습을, 책대화 장면을 직접 볼 수 없어서 다행인지도 모른다. 직접 보면 성에 안 찰 수도 있다. 교사병

이 도져서 막 지도하고 싶어질 것이다. 어떤 책은 방석으로, 혹은 운동 도구로 쓰이고 있을지도 모른다. 그걸 보면 오만가지 생각이 들 것이 틀림없다. 신비주의 독서동아리가 오늘이라도 "아, 이제 그만할래요." 해도 좋다. 다른 방 아이들이 독서동아리방을 부러워해서 너도나도 하겠다고 하지 않아도 좋다. 지속성과 규모, 확산에 집착하는 것 또한 독서동아리의 영혼과 어울리지 않으니까. 아이들이 재미나게 길을 가면 된다. 그것으로 충분하다.

오늘도 소년의 마음 정중앙에 서게 되었다.

"공짜로 얻은 것은 없어요."
"어려웠던 날이 훨씬 많았어요."[*]

선생님,
계속 열심히 쓰세요

용기가 필요한 일이었다. 내가 쓴 수업 일기 한 편을 아이들에게 소리 내어 읽어주려니, 무척 부끄러웠다. 수업 일기를 쓰기 시작한 이유는 그날 당장 나의 마음을 쏟아내고 싶어서였다. 어디든 풀어내야 직성이 풀렸는데, 그 공간이 SNS였던 것이다. SNS에 자판을 두드려서 글로 올린 이유가 이것이

[*] 손흥민, 『축구를 하며 생각한 것들』에서.

다. 애초에 계획을 세워 쓰기 시작한 것이었다면 미리 아이들에게 동의를 구했을 것이다. 그런데 매번 오늘 당장 마음이 꽉 차서, 오늘 당장 마음이 흔들려서 쓰기 시작한 것이 30편이 넘는 지경에 이르렀다. 아이들의 동의를 구할 기회가 없었던 나름의 배경이다. 학생과 관련된 정보는 모두 가공해서 올렸지만 아이들에게 양해를 구하지 않은 것은 마음의 거리낌이 되었다. 김태희 편집장님이 아이들에게 수업 일기를 한번 읽어주면 어떠냐고 조언해준 지 3주 만에 읽어주었다. 용기를 낸 것이다.

수업 일기를 인원수만큼 프린트해서 가지고 갔다. 좋아하는 사람 앞에서 연애편지를 읽는다면 이렇게 떨릴까? '아이들이 귀엽다'거나 '사랑스럽다'거나 하는 표현들은 쑥스러워서 차마 읽지 못했다. 적절히 건너뛰면서 읽었다. 아이들이 굉장히 집중해서 들으려니 짐작했다. 나의 짐작은 틀렸다. 두 녀석은 잡담을 했다. 예의를 중시하는 찬현이가 살짝 짜증을 내기까지 했다.

"야, 조용히 들으라고! 선생님이 우리 위해서 쓰신 거라잖아!"

자신의 캐릭터가 얼마만큼 드러나는지에 아이들은 관심을 가질 것이라 짐작했다. 어쩌면 이의를 제기할지도 모른다고 생각했다. 그런데 예상하지 못했던 질문이 먼저 튀어나왔다.

"선생님, 읽어본 사람들이 뭐래요?"

가장 궁금한 것이, "세상 사람들이 우리 이야기 읽고 뭐라고 해요?"인 것이다. 사람은 어떨 때 이런 것을 궁금해할까. 자신의 일이 떳떳하고 순조로울 때 타인의 평가가 맨 먼저 궁금할까? 그러지 않을 것이다. 타인의 시선이 신경 쓰일 때, 타인의 평가에 자신이 좌지우지될 때 "남들이 뭐라고 해요?"가 궁금하다. 이 마음이 헤아려져서 마음 끝이 아렸다. 나는 일부러 과장을 섞어 대답했다.

"음, 사람들이 소년원에 이렇게 책 열심히 읽고 귀여운 학생들이 있을 줄 몰랐대! 다들 감동받았대! 너희가 더 열심히 공부하고, 사회에 나가서도 행복하게 잘 살았으면 좋겠대! 모두 엄청 응원해!"

"아, 진짜요? 선생님, 다음에 저희 얘기 더 쓰셔서 읽어주세요!"

"알았어. 너무 기대하지는 마라. 사실과 다르게 멋있게 쓰지는 않을 거야."

"좋아요! 저희가 열심히 공부하는 것만 써주셔도 정말 감사하죠!"

"얘들아, 내가 수업 일기 계속 써도 되겠니?"

"예! 계속 열심히 쓰세요! 소년원에서 나가면 저도 선생님이 쓴 수업 일기 읽어볼래요."

명命을 받았다. 원래 나는 남의 말을 잘 안 듣는 사람인데, 이 사랑스러운 명에는 '충성'하려고 한다.

책을 읽고 감상을 적을 수 있는 작은 공책을 마련해서 가지고 갔다. 연두, 파랑, 주황, 검정, 노랑, 다양한 색 표지의 공책들이다. 취향에 따라 선택할 수 있도록 하기 위함이었다. 근철이가 고르려고 하는데, 문수가 불쑥 "야, 너 연두색 가져. 너 10호잖아." 한다. 근철이는 "그러면 넌 9호니까 파란색 가질래?"라고 받아친다. 근철이의 기분이 좋지 않은 기색이다.

미처 생각하지 못했던, 참신한(?) 연관 짓기다. 소년원에서 9호 아이들은 상의가 파란색이다. 여름 티셔츠도, 봄가을 티셔츠도 파란색이다. 9호보다 소년원에 머무는 기간이 상대적으로 긴, 강도가 센 처분을 받은 10호 아이들은 상의가 연두색이다. 공책 표지의 색을 9호와 10호의 의상 색과 연관 지어서 서로 불쾌한 말을 주고받으리라고는 생각지 못했다.

수업이 끝난 후에도 이 일이 떠올랐다. 아이들이 소년원을 떠나면 이러한 연관 짓기의 기억이 말끔하게 사라질까. 가방 구석에 송곳처럼 감추어져 있다가, 어느 순간 가방 밖으로 툭 불거져 나오지 않을까. 친구가 연두색 옷을 입고 있을 때 '저 녀석 10호 색 옷을 입었네.' 혹은 어른이 되어 가족을 이루었을 때 아들이 파란색 코트를 입은 모습을 보고 '하필이면 왜 9호 색깔 옷을 입었지?' 하는 생각이 슬며시 튀어나오지는 않을까. 지나친 상상이려나.

인간으로 살아가면서 어느 기간을 특정한 색으로 규정짓

는 것, 이것이 얼마나 강렬한 시도인가. 이제야 깨닫는다. 그 기간이 아름다웠다면 특정한 색은 좋은 추억이 될 것이다. 숨겨두고 싶은 시절을 규정한 색은 상처가 될 수도 있겠다. 평소에는 아문 척하고 있다가 적절한 공기와 온도를 만나면 언제 내가 아물었냐는 듯이 쩍 벌어지는 상처.

사람은 영혼을 지닌 존재다. 이 말이 떠오른다.

유성이가
처방전을 주었다

새로운 유형의 학생이 생겼다. 지난 5개월 동안 볼 수 없었던 부류의 학생이다. 최영희 작가에게 편지를 쓰자고 하면서 제법 비싸고(?) 예쁜 편지지를 나눠줬다. 두어 줄 쓰던 문수가 그 비싼 편지지를 박력 넘치게 확 구긴다. "에이, 망쳤어!" 이러면서. 이후 두 번 더 망쳤다고 하면서 새로운 편지지를 두 장이나 더 사용했다. 그래서 편지를 잘 썼냐 물으면 답을 못 하겠다. 편지지 한 장만 사용한 녀석들이 훨씬 더 정성껏 썼다. 이것까지는 괜찮다.

간식으로 마카롱을 준비했다. 문수는 쥐도 새도 모르게 유성이의 마카롱을 접수했다. 유성이의 말로는, 자기는 마카롱을 좋아하지 않아서 문수에게 주었다고 한다. 유성이가 마카롱을 좋아하지 않는다는 말을 믿을 수 없지만, 뭐라 할 말이 없다. 마카롱 때문에 거짓말 탐지기를 구해올 수도 없는 노릇이니 말이다. 나는 교실에 있는 소년원 선생님께도 마카롱 하나를 드렸다.

"선생님, 과자 하나 드세요."

갑자기 문수가 벌떡 일어난다. 큰 소리로 "선생님, 그 마카롱 드실 거예요?" 하니, 선생님이 "어, 너 먹어. 그 대신 공부 열심히 해라." 하신다. 이렇게 해서 문수는 졸지에 마카롱을 세 개나 먹었다. 마카롱이 뭐라고. 별것 아닌 일인데 짜증이 났다. 나눠먹으면서 더 사이 좋자는 게 마카롱의 취지인데, 문수가 그 취지를 왜곡시킨 것이다. 내가 "문수야, 너 염치가 있는 거니? 친구 것도 모자라서, 선생님 드린 것까지 먹다니!" 라고 하니, 문수는 별 반응이 없다. 염치라는 말의 뜻을 모르는 것일까. 아니면 이 정도의 화는 문수에게는 미미한 것일까.

작가와의 만남 역할을 나눠 맡고 보니, 문수는 역할이 없다. 유성이와 찬현이는 작가님 소개를, 도운이와 명구는 전체 진행 사회를 맡았다. 두 팀으로 나눠서 30분 정도 준비를 했다. 역할 없는 문수를 사회 볼 진행팀에 넣었다. 나는 문수에게 말했다.

"여기에서 친구들 거들면서 하렴."

잠시 뒤 돌아보니, 거들기는 거드는데 잡담을 거든다. 어느 방에 누가 특수강간으로 들어왔다느니, 어떤 아이가 수업에 오는 외부 강사 선생님에게 성희롱 발언을 해서 징벌방에 가게 되었는데 징벌방에 가기 싫다고 울고불고 했다느니, 이런 이야기로 시간을 때운다. 주의를 줘도 잡담은 그치지 않는다. 아이들의 집중은 흐트러졌고, 문수가 주도하는 잡담의 내용은 듣기 거북했다.

그렇지, 여기는 아름답기 힘든 곳이다. 이곳에서 아름다움을 찾았던 사람이 비정상이다. 5개월이 지난 지금에야 이런 생각이 든다. 봄에 만났던 소년들이 그래서 고맙다. 여기가 어디인지 잊을 만큼 귀엽게 굴었던 아이들이었으니…. 그 아이들은 사람과 사람의 관계에서 조심하려고 애썼다. 이제야 그 마음이 느껴진다. 함부로 굴지 않으려고 신경 쓰고 노력했던 것이다. 우리가 교실에서 만났을 때, 최소한의 체면을 차리려고 했던 아이들이었다. 그래서 아름답기 힘든 곳에서 잠시나마 아름다움을 도모할 수 있었다.

나는 아이들과 계속 읽을 것이다. 내가 아이들과 할 수 있는 것이 이것뿐인 까닭이다. 소년이 지금 처한 상황과 공간은 아름답지 않다. 바깥세상으로 나가면 거기는 아름다울까. 장담할 수 없다. 바깥세상에서 만나게 될 생활 역시 추울지 모른다. 어두운 밤일 수도 있다. 이 아이들에게 '책'은 무슨 소용인가. 책을 읽으면 아이의 삶이 아름다워질 수는 있는 건가.

수업 끝나고 돌아오는 길에 유성이가 준 편지를 읽었다.

TO 존경하는 국어 선생님에게♥
쌤, 안녕하세요~ 저 유성이예요!^^
쌤한테 편지를 쓰는 이유는 선생님께 감사한 것이 너무 많은데 말로 하기에는 쑥스러워서 편지로 마음을 전해봅니다!!

처음 여기 소년원에 와서 지금까지 국어수업을 다섯 번 정도 들은 거 같은데 매 수업마다 좋은 시, 한자성어, 시노래를 준비해주셔서 정말 감사합니다. 그리고 선생님이 수업 일기 글 읽어주실 때 울컥하면서 감동 많이 받았어요. 왜냐하면 저는 여기 오시는 외부 선생님들이 우리들을 색안경 끼고 볼 거라 생각했는데, 선생님 편지를 듣고 아 국어 선생님은 우리들을 편견없이 가르쳐주시는 걸 알고 많이 감동했고 정말 감사했어요.

그리고 제가 초등학교 고학년 때부터 학교를 안 다녀서 수업 받는 게 어렵고 집중하기도 힘들었는데 선생님이랑 수업하면서 집중도 잘 되고 수업 받는 날이 기다려질 정도로 좋아졌어요! ㅎㅎ 여기서 퇴원하면 내년 3월부터 학교에 다니려고 해요!!^^ 항상 열심히 할게요. 남은 시간 잘 부탁드려요, 선생님.♥

요상하기도 하지. 나의 '미친 신남'이 멈칫거릴 때, 마음의 온도가 미지근해질 때, 그래서 시무룩해지려는 찰나, 이런 녀석이 어김없이 나타난다. 유성이는 오늘 내 마음이 미지근해질 것을 미리 알기라도 한 것처럼, 내 마음의 애틋 위에 증癘이 스멀스멀 덮이리라는 것을 알고 있는 것처럼, 나에게 약을 처방해주었다. 그것도 '쎈' 약. 처방전에 쓰여진 말은 이렇다.

"당신 애쓰는 거 우리가 알고 있으니, 좀 더 힘내서 해봐요."

　명구가 바깥세상으로 나가는 날이다. 2년 만이다. 명구는
5개월 동안 나와 같이 국어공부를 했다. 3월 첫 수업 때 "선생
님, 저 책 읽는 거 좋아해요."라고 수줍게 말하던 목소리가 내
마음에 고스란히 녹음되어 있다.

　명구에게 편지를 주고 싶었다. 수업보다 이른 시간에 소년
원에 갔다. 명구는 이미 짐을 챙겨서 나오고 있었다. 6개월 만
에 처음이다. 소년원 교실이나 복도가 아닌 바깥에서 만난 것,
날것 그대로의 바람과 햇살 아래에서 명구를 만난 것 말이다.
명구의 짧은 머리카락이 바람에 흔들렸다. 햇살에 눈이 부신
지, 명구는 눈을 찡그리고 있다. 낯설었다. 명구는 늘 소년원
교복이나 다름없는 연두색 티셔츠를 입고 있었는데, 오늘은
교복이 아닌 사복, 검정색 티셔츠를 입고 있다. 형광빛 감도는
연두색 티셔츠에 아이 얼굴이 늘 바래 보인다고 생각했다. 영
양이든 사랑이든 무언가 결핍되어 보였다. 검정색 티셔츠를
입은 오늘의 명구 모습에선 빛바램도 결핍도 느낄 수 없다. 밝
아 보인다. 건강해 보인다. 학교 운동장에서 뛰어놀다가 지금
막 내 앞에 당도한 '그저 소년'이다.

　"어, 명구야! 축하해! 건강하게 지내고, 잘 살아야 돼! 이젠
여기는 오면 안 돼."

　명구 곁에 어른이 있다. 어머니인가 보다. 그렇게 여겼는

데, 아니란다. 명구는 2년 만에 세상으로 나가는데 아무도 오지 않았다. 어머니도 아버지도 가족도 친구도, 그 누구도 오지 않았다. 곁의 어른은 자립생활관의 선생님이라고 한다. 집에 갈 상황이 못 되어서 자립생활관으로 가게 되었다는 것이다. 그 상황이라는 것이 명구의 상황인지, 집 공간의 상황인지, 가족의 상황인지, 아니면 이 모든 것이 얽힌 상황인지, 그것은 모르겠다. 아무튼 명구는 돌아갈 집이 없고 세상에 나온 것을 축하하러 온 단 한 사람이 없다. 그런데 해맑게 웃고 있다.

2년 동안 살았던 짐을 챙겨 나왔는데, 달랑 A4용지 박스 하나다. '내 것' 없이 2년을 용케 버텼네. 명구는 웃고 있다. 마음은 어쩌려나. 2년 만에 세상에 나왔는데 나를 만나러 온 사람 하나 없는 오늘, 명구의 마음은 어떨까. 차마 묻지 않았다. 아니 묻지 못했다. 그저, "잘 가. 잘 살아. 잘 지내." 이런 흔한 말만 반복하다가 헤어졌다.

명구야, 잘 살아…. 너의 몸과 마음을 잘 보살펴주렴. 자신을 팽개치는 일 없이 단단한 마음으로 살아가리라 믿어. 세상이 너를 많이 안아주었으면 좋겠다.

한 번만 봐도
예쁜 아이

국어반 학생 다섯 명 중 네 명이 8월 중졸 검정고시에 합격해서 네 명이 한꺼번에 수업에서 빠져버렸다. 솔직한 나의 마음은 아쉽다기보다 시원했다. 검정고시 합격생 네 명 중에 얄미움을 담당하던 학생이 있었다. 얄미움을 예쁨으로 변화시키고 헤어졌더라면 더 좋았겠지만, 그래도 합격을 축하하면서 작별하게 되어서 다행이다, 아무튼!

새로 온 학생과 눈이 마주친다. 오른쪽 팔 전체에 그려진 문신이 강렬하다. 나의 눈길은 잠시 아이의 문신한 팔에 머문다.

오철민, 새로 온 아이의 이름이다. 학교를 다녔더라면 고1이었을 것이다. 집은 충청도다. 다른 소년원에 있다가 왔는데, 여기에 오니 아이들도 선생님들도 착해서 좋단다. 먼저 있던 곳은 어땠길래. 내가 준 수업자료 보관용 파일철을 손으로 들어 보여주면서 "여기는 이런 것도 주고, 좋아요. 나중에 사회 나가도 이거 들고 다니고 싶어요."라고 한다. 인기 있는 캐릭터가 그려진 파일철이기는 하지만, 감탄할 정도는 아닌데…. 파일철에 철민이의 마음이 절반은 넘어왔다.

철민이의 팔에 잉어와 도깨비가 서식하고 있다. 잉어는 색칠까지 되어 있다. 도깨비 인상이 제법 험상궂다. 이렇게 넓은 면적의 문신을 마취크림도 안 바르고 했다고 한다. 마취크림 안 바르고 했다는 것을 뽐내고 싶어 하는 마음, 그런 마음이 느껴진다. 150만 원이나 들여서 한 문신인데, 지금은 후회하고 있단다. 소년원에서 나가면 문신 지우는 시술을 받고 싶다고 한다. 문신을 후회하는 아이와 문신을 화제로 한참 대화를 나눈 것이 살짝 미안해졌다.

"나도 팔목에 작게 문신을 하고 싶은… 마음도 있어."

"어, 진짜요?"

"아직 문구를 못 정해서 못 하고 있어."

"선생님, 그러면 등에 호랑이 문신 크게 하세요."

"어? 호랑이 문신?"

"예, 외국에 여행 가셨다가 호텔 수영장에 선생님이 나타나면 다들 길을 터줄걸요."

등에 호랑이 문신을 한 나의 모습이라니. 하하하, 근자近者에 가장 큰 소리로 웃었다. 얼굴이 빨개지도록 웃었다.

신입생 철민이는 오늘 첫 시로 나태주 시인의 '풀꽃'을 외웠다.

    자세히 보아야 예쁘다

    오래 보아야 사랑스럽다

    너도 그렇다 철민이도 그렇다

마지막 구절, "철민이도 그렇다"를 덧붙여서 읽어주었다. 그런데 철민이가 진지한 표정으로 "선생님, 저는 오래 안 봐도 예쁜데요." 한다. 철민이는 첫 시간에 별명이 지어졌다. 오래 안 봐도 예쁜 애, 한 번만 봐도 예쁜 애.

"선생님, 제가 나중에 인사드리러 올게요."

"왜?"

"중학교 졸업하게 해주실 텐데, 은혜를 잊으면 안 되죠."

"그래, 알았다! 그러면 내가 밥을 사줘야겠네."

"아니죠! 제가 사드릴 거예요!"

철민이는 기대가 크다. 소년원에서 중학교를 졸업하고 나갈 수 있다는 것 때문이다. 집에 돌아가면 얼른 고등학교 진학을 하겠단다. 중학교가 의무교육인 요즘 시대에 중학교 졸업을 돕는 일을 '은혜'라고 표현하는 것이 익숙하지 않다. 아직 '아이'인데, 자기가 식사를 사드리겠다고 말하는 품이 절반은 낯설고 또 절반은 의젓하다.

다음 주가 추석이어서 국어수업이 없다. 아이들은 국어수업을 한 주 건너뛰게 되어서 아쉽다. 소년원 아이들은 추석 연휴 기간에 그야말로 '감옥살이'를 실감할 것이다. 바깥세상 사람들이 일제히 일을 멈추고 쉬는 동안, 소년들은 수업도 없이 거의 방에만 있어야 하기 때문이다. 그러니까 누군가의 휴식 시간이 다른 누군가에게는 갇혀 있다는 것을 온전하게 실감하는 시간이 되는 것이다. 다음 주에는 소년원에 잠깐 들러서, 아이들이 추석에 재미있게 읽을 책을 몇 권 전해주려고 한다. 그 와중에 유성이가 소년원 선생님에게 조르고 있다.

"선생님, 추석 때 우리도 바람 좀 쐬게 해주세요!"

유성이의 애교 어린 요청이 받아들여지기를….

　오늘은 교실에 머무르는 소년원 선생님이 없다. 어찌 된 일일까. 교실 한 켠에는 소년원 선생님이 늘 그림자처럼 있었다. 감시보다는 관찰, 예방(?)의 성격이 강하다. 나는 그것을 별로 신경 쓰지 않는다고 스스로 생각해왔다. 수업에 참견하고 나서지만 않으면 괜찮다고 여겼다. 내 마음이 꼭 그렇지는 않았나 보다. 직원이 없는 오늘, 아이들과 나는 이런저런 이야기를 편하게, 그리고 많이 나눴다.

　"소년원 선생님이 교실에 없으니까 어때?"

　"신경도 안 쓰이고 너무 좋아요."

　"그치?"

　"예!"

　철민이는 아버지와의 갈등으로 가출을 했었다. 아르바이트를 했지만 돈이 아쉬워서 선배들이 하는 '사업'에 동참했다. 덕분에 돈은 생겼다. 하지만 그 사업은 다른 사람들을 상대로 한 '사기'였다. 그래서 여기까지 오게 되었다. 다시는 이곳에 오고 싶지 않단다. 소년원에 있는 동안 중학교 졸업장을 따서 내년에는 고등학교에 진학하겠다고 한다. 요즘은 다행히 아버지와 사이가 좋아졌다. 아버지가 국어 선생님에게 고맙다는 말을 전해달라고 하셨단다. 아니, 왜 나에게? 철민이 중학교 졸업도 시켜주고, 책도 읽게 해주고, 수업도 재미있게 해준다고 고마워하신다고 한다. 대부분의 사람들은 학교에서 배우는 일을 일상으로 여긴다. 이 평범한 일을 고맙게 여기신다니….
누군가는 별다른 의식 없이 이어나가는 일상이, 다른 누군가
에게는 끈이 끊어지기도 이어지기도 하는 힘겨운 것일 수 있
다. 잘난 척하던 내 마음이 납작해진다. 뭐라 할 말이 없다.

유성이는 부모님의 불화가 심했다. 엄마 아빠가 매일 저녁
다투다시피하는 모습을 견디지 못하고, 집에서 뛰쳐나왔다.
집에는 돌아가고 싶지 않아서 아예 다른 지역으로 가출을 했
다. 중학교 생활은 흐지부지 엉망이 되어버렸다.

아이들에게 솜사탕을 주었다. 그러고 싶었다. 솜사탕은 어
른이 아이에게 주는, 그것도 사랑스럽게 여기는 아이에게 어
쩌다가 드물게 한 번, 선물로 주는 간식(?)이다. 집에서 먹는
일상의 간식은 아니다. 솜사탕이라는 말 앞에서 이런 풍경이
떠오른다. 어린이날 나들이 가서 아이가 풍선처럼 매달린 솜
사탕을 물끄러미 바라보는 모습, 엄마나 아빠가 큰마음 먹고
하나 사서 아이 손에 들려주는 풍경. 솜 같은 구름, 구름 같은
솜을 뜯어 먹는 천진하고 무구한 아이 얼굴. 나른하기까지 한
풍경. 물론 충치는 생기겠지만 말이다. 솜사탕을 주는 마음.
이 마음은 '네가 아이 같다. 귀엽다. 사랑스럽다.'와 같은 마음
이다. 이런 마음을 주고 싶었다. 솜사탕을 주니 소년들이 피식
웃는다.

"초등학교 3학년 이후 처음 받아봐요."

"소년원에서 솜사탕을 먹어보다니!"

"내 마음에는 너희들이 아이 같아서 주는 거야."

"어릴 때 솜사탕 먹는 것이 구름 먹는 것 같았는데, 지금도 그러네."

솜사탕 덕분에 우리는 잠시 나른해졌다. 여기가 어디인지, 마음에 그늘진 까닭이 무엇인지 다 잊고, 폭신한 구름을, 솜 덩어리를 함께 뜯어 먹었다.

쉬는 시간. 근철이와 도운이가 인사를 하러 왔다. 두 녀석은 지난 봄과 여름에 함께 공부했다. 문틈으로 두 아이 얼굴이 나타난 순간, 마음에 반가움이 확 일어난다. 두 녀석 모두 헤어 자격증 반이다. 새파란 앞치마를 두르고 왔다. 앞치마에는 머리 집게가 서너 개씩 달려 있다. 한 달 만이네. 그런데 이 녀석들 그사이에 왜 이리 의젓해진 거야? 인사도 고개 숙여 제법 예의 바르게 하고, 철 든 것 같은 진지한 표정은 뭐지? 유성이와 철민이가 옆에서 거든다.

"선생님, 국어반에는 착한 학생들만 있었나 봐요."

"맞아. 정말 착하고 귀여운 아이들만 있었어. 얼마나 재미있었는지 몰라."

"선생님이 착하셔서 아이들도 그런 거예요. 저 형들 선생님에게만 인사하러 와요."

허보영 선생님이 옆에 있었더라면 잽싸게 양념 치듯 말했을 것이다.

"이런 간신 나라 충신들 같으니라고."

우리의 수다는 한 시간씩 이어지기도 한다. 공부는 팽개치고! 아이들은 가족 이야기부터 키우던 강아지 이야기까지 쉴 새 없이 떠든다. 수다쟁이들.

유성이는 강아지를 키웠다. 아르바이트를 해서 모은 돈 오십만 원으로 강아지를 분양받아 키웠다고 한다. 나는 대뜸 물었다.

"너 강아지 잘 씻기고 잘 먹이고 예방접종도 잘 해줬어?"

묻고 보니, 궁금함보다 미심쩍은 마음이 앞서는 말이었다. 질문을 던진 나는, 사실 이런 생각이었겠지. 네가 한 생명을 그렇게 정성껏 돌보는 사람이었다면 여기 올 리가 없지. 괜찮은 사람이 여기 올 리 없잖아. 이런 편견을 그대로 내보인, 낯뜨거운 질문이었다.

『선량한 차별주의자』에서 저자는 고정관념(편견)은 사고의 범주를 기반으로 이루어진다고 한다. 예를 들어 머릿속에서 '소년원–불량 학생–폭력–험상궂은 인상–안 좋은 가정환경'과 같은 생각이 범주화되면서, 우리는 고정관념을 가지게 된다는 것이다. 실제로 소년원에서 이 범주를 벗어나는 아이를 만나면 머릿속에 저절로 물음표가 생긴다. 인상이 좋으면 이렇게 인상 좋은 애가 무슨 범죄를? 말투가 착하고 순진해도 이렇게 착한 애가 무슨 잘못을? 책을 열심히 읽어도 이렇게 책을 잘 읽는 애가 어떻게 범죄를? 이런 나의 의문은 고정관념과 편견에서 비롯된 것이었다.

유성이는 강아지를 떠올리는 것만으로도 행복한 표정이 되었다. "그럼요. 제가 얼마나 잘 돌봤게요."라고 자신 있게 말한다. 나는 유성이에게 말했다.

"유성아, 너는 나쁜 놈일 리 없어. 생명을 잘 돌볼 줄 아는 사람이 나쁜 사람일 리가 없잖아."

이 말을 들은 유성이의 표정이 화사해진다. 의도한 건 아니었다. 유성이의 말을 듣고 나도 모르게 한 말이었다. 살아 있는 생명을 정성으로 돌보는 사람이 마음의 뿌리까지 병들었을 리가 없지 않은가.

우리의 맥락 없는 대화는 개고기를 먹는 것에 이르렀다. 철민이가 "선생님, 설마 개고기 드시는 건 아니죠?"라고 물어서 "난 두어 번 먹어본 적 있는데." 대답했다.

"아! 끔찍하게! 그걸 드신다고요? 저는 개를 죽이는 걸 본 적이 있어요."

"아, 그랬어?"

"너무 잔인해서 눈물이 났어요."

나는 철민이에게도 말했다.

"철민아, 너도 나쁜 놈일 리가 없어. 비윤리적으로 생명을 죽이는 모습에 화가 나고 눈물이 났다니! 나쁜 사람일 리가 없지."

철민이가 활짝 웃는다. 개를 죽이는 모습에 눈물이 났다는 철민이. 생명에 대한 감각, 다른 존재의 고통에 대한 감각, 역지사지의 마음이 없다면 화가 날 리 없다. 눈물이 날 리 없다.

뜬금없고 이상한 대화다. 학교에서 학생들과 이런 대화를 나눴다면 아이들은 나에게 의아한 눈길을 던졌을 것이다. '뭐래?'라는 말풍선이 연상되는 표정이었겠지. 엉뚱한 이 말은 '소년원 국어서당' 학생들에게는 느닷없는 선물이 되었다. 아이들은 '나쁜 놈', '정신 못 차리는 놈'이라는 말을 허다하게 들어왔다. 더구나 소년원까지 오게 되었으니, '좋은 사람, 괜찮은 녀석, 믿을 만한 사람'이라는 인정을 받아본 지는 까마득하다. 그래서였겠지. "넌 나쁜 놈일 리 없어.", "내가 보니 너는 좋은 사람이야."라는 뜬금없는 말에 천진한 표정이 되었다.

아이들은 환하게 웃는다. 국어 교사의 엉뚱한 말 한마디에 선물을 받은 것처럼, 상장을 받기라도 한 것처럼 말이다. 어떤 소리가 들려왔다. 내 마음의 두꺼운 얼음이 쩡, 둔탁한 소리를 내며 금이 가는 소리였다. 고정관념이니, 편견이니 하는 말이 먼 데의 이야기가 아니었다. "나는 차별주의자가 아니에요."라고 말하는 나 역시 아닌 척하지만, 차별주의자의 얼굴을 감추고 있었던 거다.

개아리 틀다 혹은
개아리 빨다

신입생 몇 명이 곧 들어온다. 새로 올 학생들이 누구인지 아이들은 이미 알고 있었다.

"선생님, 그중 한 명 완전 또라이예요."

"왜? 어떻길래?"

"소년원 선생님들 말도 막 안 들어요."

"그래? 걱정이네. 내 말도 안 들으면 어쩌냐."

"그러지 않아도, 제가 어제 식당에서 만났을 때 걔한테 말했어요."

"뭐라고?"

"야, 너 국어샘한테 개아리 빨면 가만 안 둔다."

"개아리 빨면? 그게 무슨 뜻이야?"

"선생님한테 대들면 가만 안 둔다는 뜻이에요."

'개아리 빨다[*]'라는 말을 들었을 때, 나는 적잖이 당황했다. 처음 들어보는 말, 의미도 모르는 말인 데다가 저속한 느낌이었다. 물어보니 '대들다, 반항하다'라는 뜻이라고 한다. 뜻을 알고 난 후에야 웃음이 났다.

"우아, 의리야? 나에 대한 의리?"

"그럼요! 여기서 선생님처럼 저희에게 잘해주는 사람은 없어요. 거기에 졸업장까지…."

"졸업장 내가 주는 거 아니야. 이미 만들어진 제도로 주는 거지."

누가 들으면 오해하겠다. 내 마음대로 졸업장 주는 거 아니냐고. 내가 마음대로 졸업장을 줄 수 있는 것도 아니거니와,

[*] 인터넷 국어사전을 찾아보니, 이렇게 설명되어 있다. 개아리: 방해하다, 반항하다의 뜻을 가진 사투리. '개아리 튼다'는 표현으로 쓰인다.

나는 아이들에게 지극정성이지 않다. 적당한 정도의 친절함과 세심함, 딱 그 정도다. 갇힌 공간, 일주일에 한 번만 수업하는 특수성이 아이들에게 그런 느낌을 주는 것 같다. 생활에서 비롯되는 온갖 감정을 나누지 않아도 되니까. 좋은 표정만 보여줄 수 있으니까.

그럼에도 고마웠다. 지금의 다정한 수업 분위기를 지키고 싶은 마음. 국어샘이 자기네 위해서 애쓴다고 여기는 마음. 국어샘에게 함부로 하면 안 된다고 생각하는 마음이 고마웠다. 유성이와 철민이는 다정한 마음을 다정하게 받을 줄 안다. 사람과 사람 사이에 이어지는 마음의 끈이 더 두터워지도록 정성을 들인다.

"개아리 빨면 가만 안 둔다.", 곱지 않은 말에 감동받았다. 살아가면서 이 말에 또 마음 움직일 일 있을까.

5인의 티타임

새로 학생이 왔다. 남규와 동수. 남규는 2001년, 동수는 2000년에 태어났다. 수업을 시작하기에 앞서, 우리는 노란 귤을 하나씩 까먹고 딸기우유를 마시면서 '5인의 티타임'을 했다. 나는 "집은 어디야?"에서부터 "면회는 주로 누가 와?"에 이르기까지 두서없이 물어본다.

이것저것 궁금해서 물어보기도 하지만 새로 온 아이들과

눈을 맞추고 '우호의 레이저'를 왕창 쏘는 것이 궁극의 목적이
다. 너 인상이 좋구나. 너랑 즐겁게 국어공부하고 싶다. 네가
들어와서 국어수업이 더 잘될 것 같아. 이런 메시지를 눈빛으
로 보내기 위함이다. 의도에 부합하는 결과가 있는지, 검증된
것은 아직 없다. 아이의 눈빛을 살펴보는 것도 목적이다. 눈은
희한한 신체기관이다. 첫 시간에 눈빛을 가만히 보면 아이에
대한 느낌이 온다. 수줍은 눈빛도 있고, 사교적인 눈빛도 있
고, 덤덤한 눈빛, 순박한 눈빛도 있다. 반항적인 눈빛도 물론
있다.

국어수업에 대한 몇 가지 안내를 해주는데, 별안간 유성이
와 철민이의 어깨에 힘이 들어간다.

"우리는 벌써 시를 열 개도 넘게 외웠어. 너도 열심히 하면
한 달 뒤에 다섯 개는 외울 수 있겠다."

"국어샘이 재미있는 책 많이 주시거든. 읽고 이 종이에 간
단하게 쓰면 국어샘이 파일철에 정리했다가 집에 갈 때 선물
로 주신대. 처음에는 하기 싫은데, 다섯 개 넘어가면 겁나 뿌
듯해."

누가 시키지도 않았는데 도우미로 나서서, 국어수업에 즐
겁게 참여하는 방법을 알려주고 있다. 이 녀석들이 이렇게 으
스댈 줄이야. 그래, 인생에서 이런 종류의 우쭐거림, 이 정도
의 으스댐은 필요하지.

지난 3월, 일곱 명으로 수업을 시작했다. 한 명씩 한 명씩
집으로 가고, 들어오는 학생은 뜨문뜨문해지니 덜컥 겁이 났

다. 이러다가 학생이 다 없어지면 어쩌지? 학생이 없으면 나는 국어수업을 더 이상 할 수가 없잖아.

일전에 한재훈 선생님의 『서당공부, 오래된 인문학의 길』을 읽으면서 머릿속이 단정해졌다. 일곱 명 이내를 유지하는 우리 공부의 규모, 획일적인 진도 없이 개별화 수업을 하는 특성, 배우고 외워서 개인별로 검사를 받는 공부 순서, 소리 내어 책을 읽는 방법, 이런 것들이 어설프게나마 서당과 비슷하다고 여겨진 까닭이다. 학생이 없으면 어쩌지 하는 걱정은 그날로 사라졌다. 서당의 훈장은 학생 수가 적어지는 것에 연연하지 않는 것이 어울린다. 어떻게 하면 학생들이 즐겁고 성실하게 배워서 삶이 조금이라도 달라질 수 있을까 하는 걱정이 어울린다. 소년원 서당 학생 수가 가장 적었을 때는 한 명이었다. 한 명이라도 있으니, 앞서 배운 아이가 신입생에게 시를 외우고 책을 읽는 본★을 보여줬다. 먼저 배운 학생이 육성으로 이 수업이 괜찮다는 홍보를 해주었다. 새로 들어온 아이도 자연스럽게 국어수업의 전통(?)을 알게 되었다. 학생들이 들어오고 나가는 것이 들쭉날쭉한 것도 이런 좋은 점이 있다.

새로 들어온 남규는 부산소년원에 한 달 있다가 이곳으로 왔다. 남규가 책상에 펼쳐진 시 엽서를 보길래, "남규야. 우리 국어시간마다 시를 한 편씩 누적해서 외울 거야. 열 번째 시간이 되면 남규는 열 개의 시를 연이어 외우는 거야! 정말 뿌듯하겠지?" 하고 말했다.

"아니요."

아이쿠, 아니요라니. 반항적인 학생이구나. 다정한 국어수업은 이제 끝인 건가. 마냥 좋고, 영원히 즐거운 것은 없구나. 즐거운 국어수업, 안녕~. 이런 말풍선이 머릿속에서 산만하고 왕성하게 만들어지고 있었다. 이 순간 나의 얼굴은 울상이었으려나.

"왜? 시 외우기 싫어서 그러니?" 조심스럽게 물었다.

"그게 아니라, 부산소년원에서 시 30개 외웠어요. 하루에 하나씩. 그거 안 외우면 뭘 안 줘서 억지로 외웠어요. '별 헤는 밤'도 외웠는데."

"아! 진짜? 국어반에 시 외우기의 달인이 나타났구나!"

남규는 시 엽서 스무 장을 뒤적이면서, 거기서 외운 시들이 몇 개 있다고 중얼거린다. 1행이나 3행으로 쓰여진 시들을 보고는 한마디 툭 던진다.

"이렇게 짧은 것도 시예요? 한 시간에 몇 개씩 외워도 되겠네."

남규 맞은편에 앉은 유성이와 철민이를 무심결에 보았다. 나는 참을 수 없는 웃음이 터졌다. 두 녀석은 그야말로 짜져 있는 표정, 시무룩한 얼굴이었다. 그도 그럴 것이 새로 들어온 친구에게 한껏 으스대면서 가르쳐주고 싶었을 것이다. 자기가 열두 편의 시를 멋있게 외우는 모습을 오늘 보여주려고 했을 텐데. 자기들보다 한 수 위인 친구가 오는 바람에 잔뜩 풀죽은 표정이 되었다.

신입생의 독서의욕에 불을 붙이기에는 김동식 작가 소설

이 최고다. 이 말은 사실이다. 동시에, 요즘 흥미 있는 단편을 발굴하지 않은 나의 게으름을 변명하는 말이기도 하다. 우리는 김동식 작가의 「스마일맨」을 읽었다. 읽는 도중에 아이들이 내용을 잘 이해하고 있는지 못미더워서 "얘들아, 사람들이 왜 김남우가 웃을 때까지 안 웃는지 알겠어?"라고 물으려고 "얘들아, 사람들이⋯."까지 말했는데, 남규가 "선생님, 말 안 하고 그냥 계속 읽으면 안 돼요?"라고 도발적으로 말한다. 아, 이 녀석이 이야기에 폭 빠졌구나. 그래, 알았어. 계속 읽자.

아이들이 읽은 소설은 결말이 누락된 것이었다. 뒷이야기를 상상해서 말하는 것이 수업 활동인 것이다. 내가 여태까지 만나온 학생들은 막 궁금해하면서 뒷이야기를 상상해서 글로 쓰고 발표했다. 남규는 화를 낸다.

"아, 그냥 알려주시면 안 돼요? 알고 싶어서 미치겠는데!"

보다 보다 이런 놈은 처음이다.

"그러니까 친구랑 결말을 상상해서 말해봐."

"저, 선생님 말 안 들어서 징벌방 가도 되니까, 지금 알려주세요!"

"소설 결말을 알고 싶어서 징벌방 가면 안 되지. 그러면 내 마음이 너무 아프잖아."

나머지 녀석들은 어이없는 표정이다. 뭐 저런 걸 저렇게 미친 듯이 알고 싶어 하나 하는 표정들. 다행히 옆의 친구들이 얼른 너도나도 입을 열고 상상한 결말을 말했다. 아휴 고마워. 소설 결말 안 알려줘서 애 징벌방 보낼 뻔했다.

"그러면 이제 결말을 공개할게. 누가 읽을래?" 했더니, 남규가 스프링 튀어오르듯 "저요! 제가 읽을래요!" 한다.

"그래, 네가 읽어라. 얼른 읽어봐. 우아, 이렇게 독서의욕 활활 불타는 학생은 처음이야! 인정!"

안 읽으려 하고, 읽지 않고 딴짓하는 학생은 문제다. 이렇게 불같이 소설 결말을 알고 싶어 하는 학생은 문제가 아니다. 차라리 귀엽지. 나도 불같이, 미친 듯이, 궁금하다. 이 녀석 다음 시간에도 이렇게 독서의욕으로 불타오르려나.※

동수의
마음

동수의 고향은 경상북도 영덕이다. 큰 키에 다부진 체격이다. 슬며시 웃으면 눈이 사라진다. 눈 어디 갔니, 동수야. 머리를 한번 쓰다듬어주고 싶을 정도로 웃음이 순박하다. 어려서 바닷가에서 많이 놀았겠네. 수영도 잘하겠네. 해산물 좋아해? 대게 되게 많이 먹었겠다. 이런 말들을 동수에게 했더니, 자기 고향을 말하면 누구나 하는 말이라고 한다. 해산물도 안 좋아하고, 대게도 몇 번밖에 못 먹어봤단다.

"이런 말들 지겹겠네. 지겹지?"

"예, 이런 질문 하는 사람들 한 대씩 때려주고 싶어요."(웃음)

※   남규는 이 수업 참여가 처음이자 마지막이었다. 곧 다른 소년원으로 옮겨갔다.

"나도?"

"아뇨 아뇨. 선생님은 물론 아니죠."

동수는 어른이 되어서 하고 싶은 일이 많다. 헬스장 운영도 하고 싶고, 치킨집 사장님도 하고 싶다. 운동을 좋아한다고 하니 헬스장을 운영하고 싶은 마음은 이해가 되었다. 그런데 치킨집 사장님은 왜 하고 싶어?

"치킨집 진짜 잘할 자신 있어요. 2년 동안 치킨집에서 아르바이트를 했어요."

"아르바이트를 오래 하기는 했네. 단지 아르바이트 경험 때문에 치킨집 사장님이 되고 싶은 거야?"

"배달만 한 게 아니고, 닭 튀기기, 청소, 서빙까지 다 해봤거든요. 주방이랑 매장 청소도 진짜 깨끗하게 했어요. 치킨집은 정말 잘할 수 있어요. 사장님도 저를 좋아했어요. 열심히 한다고."

십대 후반 청소년이면 감정의 기복이 심할 시기다. 사장이나 손님과의 작은 갈등에도 욱하기 쉬울 때다. 2년 동안 한 가게에서 진득하게 청소부터 배달까지 했다고 하니, 동수 성격의 한 조각을 알게 된 것 같았다. 성실하게 일할 줄 아는 소년이다.

"한 가게에서 2년이나 일한 걸 보니, 동수 너 되게 성실하겠다. 여긴 어쩌다가 왔어?"

"친구들과 어울리다가 사고 쳐서…."

여기까지 말하더니 동수의 얼굴이 빨개졌다. 입을 다문다.

나도 더 묻지 않았다.

　소복이 작가의『소년의 마음』을 함께 읽었다. 만화라고 해야 하나. 그림책이라고 해야 하나. 그 경계에 있는 듯한 책이다. 나는 이 책을 한 쪽씩 번갈아가면서 낭독하자고 했다. 아이들은 "정말 이걸 소리 내서 읽을 거예요?", "그냥 각자 보면 안 될까요? 글자도 별로 없는데." 하며 시끄럽게 군다. 이렇게 시시해 보이는 책을 초등학생처럼 소리 내서 읽기는 싫다는 것이다. 안 돼. 같이 소리 내서 읽어야 해. 아이들은 마지못해 소리 내서 읽기 시작한다.

　소년이 인형 토토를 들고 "레이저 발사!"라고 한 말을 철민이가 읽었을 때 우리는 웃음보가 터졌다. 요즘 한껏 무게 잡는 철민이가 '레이저 발사'라는 어린아이 같은 말을, 목소리 잔뜩 내리깔고 읽으니 안 웃을 수가 없다. 할머니가 죽었을 때 소년은 "할머니를 땅에 심고 왔어."라고 한다. 한 번도 상상해보지 못한, 어린아이의 표현에 또 웃음이 터졌다.

　아이들은 심드렁하게 책장을 넘긴다. 시시하고 어이없다는 듯이 피식피식 웃으면서 책장을 넘긴다. 나쁜 자식들. 내가 책 선택을 잘못했나. 소년이 바다 한가운데서 "보고 싶은 사람은 할머니예요."라고 했을 때, 철민이가 껄렁거리는 목소리로 이런다.

　"설마 할머니가 바다를 헤엄쳐서 오는 건 아니겠지?"

　"철민아, 궁금한가 보구나! 책장을 넘겨봐!"

　책장을 넘겼다. 할머니가 두툼한 허리에 허리보다 더 두툼

한 튜브를 끼고 헤엄쳐서 오고 있었다. 또 한 번 웃음이 터졌다. 동수와 나는 눈물을 흘리며 웃었다. 배가 아프도록 웃었다. 이렇게 말로 옮기면 그다지 웃기지 않은데, 그때의 분위기는 그랬다. 그러고 보니 너무 웃으면 왜 눈물이 나는 걸까.

　사람과 사람 사이의 거리는, 같이 웃을 때 한 뼘 좁혀진다. 같이 열 받을 때 또 한 뼘 좁혀지고, 같이 안타까워할 때 곁으로 바싹 다가온다. 일주일에 한 번 만나는 우리는 거리가 좁혀질 일이 많을 리 없다. 그래서 소설 한 편, 그림책 한 권 보면서 함께 웃고 속상한 순간이 찾아오면 기쁘다. 그 순간만큼은 아무것도 부럽지 않다. 그냥 이 시간과 공간의 빈틈이 메워진다.

　"오늘 책 어떠니?"

　"오늘은 선생님이 책을 잘못 골라오신 것 같아요."

　"그래도 몇 번씩 웃으면서 재미있어했잖아."

　"하긴 그래요."

　"단순한 이야기 같아도 의미도 있고 생각해볼 것도 있는 책이야. 그치?"

　"(마지못해) 예."

　아이들이 시큰둥하게 대답했지만 내 마음은 아무렇지도 않다. 입으로는 별로라고 하지만, 같이 웃을 때 너희 즐겁고 행복한 표정 내가 봤거든. 이런 근거 있는 자신감.

　소년에게 할머니는 어떤 존재였을까? 아이들은 '내 편'이라고 한다. 너네도 '내 편' 있어? 물으니, 동수의 '내 편'은 할아버지라고 한다.

"어떻게 할아버지가 내 편인 걸 알았어?"

"어려서 동네 아이들과 다투고 친구 엄마에게 혼나면, 할아버지가 와서 무조건 제 편을 들어줬어요. 친구 엄마에게 막 뭐라 쏘아붙이고요."

"지금도 할아버지는 동수 편이지?"

"할아버지는 제가 초등학교 1학년 때 돌아가셨어요."

아, 그랬구나. 내 편이 밤하늘 저편으로 사라져버리고 난 뒤의 외로움. 동수는 이 외로움을 너무 어린 나이에 알게 되었구나.

『소년의 마음』에서 소년은 바다 한가운데에서 "보고 싶은 사람은 할머니예요."라고 말한다. 나는 물었다.

"바다 한가운데에서 보고 싶은 사람, 단 한 명만 만나게 해준다면 누구를 만나고 싶어?"

동수가 망설임 없이 말한다.

"엄마요."

"엄마? 소년원에 와 있으니까 엄마 보고 싶은 거야?"

"아뇨. 엄마는 집에 없어요."

"엄마 어디 가셨어?"

"아뇨. 저 엄마 얼굴도 몰라요. 저 애기 때 죽었대요. 그래서 정말 만나게 해준다면, 엄마 얼굴 딱 한 번만 보고 싶어요. 사진도 없다고 해서, 사진으로도 엄마를 본 적이 없어요."

"동수야…. 너 누구 닮았어…? 아빠 닮았니…?"

"아뇨. 사람들이 아빠 안 닮았대요. 제가 봐도 안 닮은 것 같아요."

"아빠 안 닮았으면 엄마 닮았나 보네. 거울 봐봐. 거기 보이는 네 모습에 엄마 얼굴이 있을 거야. 책에서처럼 애기 때에 엄마가 예뻐하던 너 콧구멍, 볼, 머리카락, 겨드랑이에 엄마가 있을 거야. 아마….."

"예."

『소년의 마음』을 읽으면서 우리는 웃음이 터졌다. 눈물도 터졌다. 너무 웃어서 눈물이 났고, 어린 나이에 내 편을 잃은 동수의 마음을 헤아리다가 속상해서 또 눈물이 났다. 혼자 읽었더라면 조금 웃고 조금 먹먹했을 텐데, 같이 읽는 바람에 많이 웃었고, 마음도 많이 시렸다.

내 머리칼, 손가락 마디, 무릎, 볼에도 내 엄마가 있다. 엄마가 세상에서 사라진 후, 밤에 자려고 누우면 내 몸집만 한 크기의 담요에 홑이불 덮고 누운 내가, 깜깜하고 추운 우주를 정처 없이 홀로 동동 떠다니는 것 같았다. 어른이 된 후에 엄마가 사라진 나도 그렇게 추웠고 그렇게 혼자였다. 아무 생각 없이 앉아 있어도 눈물이 주르르 흘렀다. 그러니 여덟 살에 내 편을 잃은 동수의 마음은 어떠했을까.

오늘은 동수처럼, 또 나처럼 엄마를 그리워하는, '엄마'라고 입속으로 부르기만 해도 눈물이 나는, 외롭고 추운 영혼을 위한 책을 만났다.

민우에게 첫 번째인 일,
두 가지

오늘 수업엔 민우만 왔다. 철민이는 1박 2일 체험학습에 갔다. 동수는 소년원 부적응, 감정 조절의 문제, 교사들과의 갈등 등 여러 가지 문제로 오지 못했고, 계속 못 올지도 모른다고 한다. 오늘 수업이 민우에게는 두 번째다. 일주일 동안 가끔 민우를 생각했다. 소리 내서 읽는 것에 미숙했고, 의미 이해도 잘 못하는 것 같았다. 무엇보다도 민우가 "저는 일찍부터 손에서 공부를 놓아서 책을 읽어본 적이 없어요. 그래서 책을 못 읽어요."라고 말을 한 까닭이다. 우리가 수업에서 읽는 글은, 통상적으로 초등학교 5~6학년이면 읽을 수 있는 것들이다. 고민이 되었다. 민우처럼 나이는 열일곱 살인데, 책을 읽어본 적이 없어서 이해하지 못한다고 하는 학생과는 어떻게 읽어야 하지? 무엇을 읽어야 해? 이 아이의 읽기 수준은 도대체 어느 정도인 것일까?

잘됐다. 오늘 민우만 있는 것 말이다. 이것저것 물어보았다. 인터뷰도 아니고, 호구 조사도 아니고, 상담도 아닌, 생각나는 대로 물어보았다. 일단 '민우'라는 존재를 알아야겠다는 마음이었다. 민우는 초등학교 때 야구선수로 활동했다. 야구를 좋아했다. 그런데 팀 내에서 싸움이 일어나서 쫓겨났다. 아빠는 작은 식당을 운영하고, 엄마는 '알 수 없는 일'을 했다. 부모님은 돈을 버느라 민우를 돌볼 틈이 없었다. 할아버지와 할머니가 민우를 키워주셨다.

17세 민우는 책에 대한 어떤 기억도 없다. 자신을 위해서 책을 읽어준 사람은 아무도 없었다. 17년 동안 재미있는 책도, 재미없는 책도, 누가 읽어주었던 책도, 친구와 함께 읽었던 책도 없다. 17년의 삶에 단 한 권의 책 제목도 기억되어 있지 않았다. 나는 놀랐다. 믿겨지지 않았다. 민우가 학교를 다녔더라면 고등학교 2학년일 것이다. 요즘 아이들에게 책은 흔하디흔하다. 어려서, 어른이 옆에 앉혀놓고 책을 읽어준 기억이 전혀 없는 아이는 흔하지 않다.

　박상기 작가의 짧은 책『옥수수 뺑소니』를 준비했다. 손바닥만 한 크기이고, 글밥도 성기고 그림도 종종 나오는 얇은 책이다. 민우는 이 책을 읽을 수 있을까. 다른 아이들도 없이 혼자인데, 이 책을 어떻게 읽어야 할까. 고민을 5초 정도 했다. 그래, 내가 처음부터 끝까지 읽어주자. 20분 조금 넘게 걸렸다. 중간에 재채기가 한 번 나고 목이 잠길 때가 있었지만, 나름대로 실감나게 읽어주었다. '선글라스 개새끼'와 같은 말은 더 실감나게 읽으려고 노력했다. 중간쯤 읽다가 물어보았다.

　"민우야? 샘이 읽어주니까 좋아? 이야기 재미있어?"

　"예, 좋습니다. 재미있습니다."

　"내가 소설 끝까지 읽어줄까?"

　"아니에요. 저도 조금 읽을게요."

　미안해서 그런 것 같다. 자기도 읽겠단다. 떠듬떠듬 읽기는 했지만 4페이지 정도, 민우가 읽었다. 그렇게 우리 둘이 끝까지 다 읽었다.

"이 소설 어땠어? 재미있었어?"

"예, 재미있습니다."

"그러면 민우 생애에서 처음으로 재미있게 읽은 책이 된 거야? 이 책?"

"예, 그렇습니다."

"우아! 오늘 대단히 의미 있는 날이 되었네. 책 표지 안쪽에 써줄까? 민우가 처음으로 재미있게 읽은 책이라고?"

"예, 좋습니다."

"이 소설, 또 어떤 느낌이야?"

"마음이 아픕니다. 옥수수 파는 아저씨, 불쌍해요."

"나도 눈물이 날 뻔했어. 선글라스 개새끼, 나쁜 새끼지?(소설에 나오는 표현임) 나는 '어쩌면 지금 나는 옥수수가 아닌, 가진 것 없는 아저씨의 살점을 뜯었는지도 모른다.'는 말에, 마음이 아프더라. 아저씨에게 만 원이라는 돈이 얼마나 벌기 힘든, 큰 돈인지….."

"저는 '옥수수, 영양 계란빵 3개 2000원', 이 말이 기억에 남아요."

"그 말이 왜?"

"그 말이 좀 슬픕니다. 돈 버는 게 힘든 거 같아요. 초등학교 5학년 동생도 책을 못 읽는데, 이 책 주고 싶습니다."

"오! 좋은 생각이야. 시 엽서 뒷장에 동생에게 편지 쓰자. 소년원 샘에게 다음에 부모님 면회 오면 전해드리라고 부탁할게."

"예."

민우는 그 자리에서 동생 은철이에게 이 책을 권하는 편지를 썼다.

"아, 그러면 나는 처음으로 민우에게 책을 읽어준 사람이 된 거야? 17년 만에?"

"예, 그렇습니다."(민우 말투가 이렇다.)

"우아! 영광이야."

민우는 생애 17년 만에 첫 번째인 일이 두 가지 생겼다. 태어나서 처음으로 재미있는 책을 만났고, 자신만을 위해 책을 읽어준 최초의 어른이 생겼다. 이 사실이, 나는 눈물겹다.

한 사람의 영혼을
따뜻하게 환대하는 것과는 거리가 먼 그곳,
지금 거기에 있을 소년에게 미안하다.

잔혹 서문을
만나다

『대한민국 치킨전』을 읽기로 했다. 다음 주에 있을 '작가와의 만남' 주제도서다. 나는 이 책의 '들어가는 글'을 아이들에게 소리 내서 읽어주었다. 지난주, 민우에게 소설을 읽어주고 얻은 마음의 보람이 커서, 내 목소리로 책을 읽어주는 것에 재미가 들렸다. 나는 뭔가에 '재미 들리면', 한동안 그것에 심취하는 버릇이 있다. 책 읽어주는 버릇도 당분간 이어질 듯하다. '들어가는 글'은 내가 읽어줄게. 이럴 때는 제법 다정한 국어선생님이 된다.

"오늘도 치맥하셨습니까?"
‒ 아! 여기서 어떻게 치맥을 해?

– 미치겠다. 치맥이라니!

"드디어 불금이다."
– 아, 오늘이 불금이잖아, 하필이면!
– 난 왜 여기서 불금의 즐거움도 없이 있는 거야?

"세계 최고의 노동 강도를 자랑하는 한국인에게 불타는 금요일이란 신성불가침의 영역이다. 기독교의 성금요일 '금욕'도, 불가의 불살생도 통하지 않는 날이다. 대한민국의 모든 이가 사랑하는 날. 퇴근을 하고 동료들과 한잔 꺾기로 했거나…."
– 으… 샘, 너무해요.
– 내 인생 너무 불쌍해!
– 여긴 감옥이잖아.
– 아! 한잔이라니…. 그립다!

"연인들은 데이트 약속을…."
– 으….
– 여자친구 보고 싶다.
– 이 책 너무 잔인해요!

"혹은 가족과 함께하기로 했을 것이다."
– 악!
– 완전 고문이야.

"사람들을 만나서 한 주의 긴장을 풀며 할 수 있는 가장 재미난 일은 함께 먹는 것 아니겠는가. 그래서 골목마다 고기 굽는 냄새가 가득 차고 배달 오토바이는 쉬지 않고 거리를 누빈다."

　　- 아, 샘, 진짜… 너무하세요.

　　- 집에 가고 싶다….

　　- 고기 굽고 싶다!

　　겨우 한 문단을 읽었을 뿐이다. 하나의 문장도 온전하게 읽을 수가 없다. 의도하지 않았는데 대화형 낭독이 되었다. 구절마다 추임새가 이리 많고, 신음의 감탄사가 도처에 걸리적거리는 이런 스타일의 낭독이 다섯 페이지 정도 이어졌다. 아이들이 내뱉은 신음의 횟수만큼 나는 웃었다. 아이들의 갇힌 처지야 웃을 일이 아니지만, 구절마다 내뱉는 '앓는 소리'에 안 웃고 배길 수가 없다. 작가는 상상이나 했으려나. 이 서문이 누군가에게는 고통스러운 글이 되리라는 것을 말이다. 금요일 저녁에 사랑하는 이와 맛있는 음식을 먹고 편안한 대화를 나누는 풍경은 특별할 것도 없다. 그저 평범한 사람들의 보통의 일상이다. 하지만 그것에서 추방당한 사람은 몸살이 날 지경이다. 평범함이 그리워서 말이다.

기쁨과 슬픔이
갈라지는 그곳

책을 읽는 힘이 떨어지는 학생일수록 이야기[story, 줄거리]가 없는 책을 잘 못 읽는다. 이번 책은 일 년 동안 우리가 읽어 온 책 중 유일하게 줄거리가 없다. 아이들의 독서 수준은 중학교 1학년 정도? 이 책을 과연 읽을 수 있을까? 걱정이 앞섰지만 기대를 내려놓았다. 그러니, 나의 마음이 얌전해졌다. 서문이라도 읽고 작가님을 만나면, 작가님이 빈 부분을 채워주시겠지 뭐.

우리는 일단 책표지 구경을 실컷 했다. 책날개에 적힌 저자 소개글을 심혈을 기울여 읽었다. "작가님이 농촌에 사시나 봐요."

우리는 벌써 작가를 만난 기분이다. '책을 내며'도 소리 내서 읽었다.

"치킨은 집에서 해먹지 말고, 사먹는 게 정답이네요."

이제 책의 절반은 읽어낸 듯하다. 어지간한 것은 얼추 다 아는 것 같은 자신감이 들었으나 본문도 조금 읽었다.

인물과 사건의 흐름이 없는 책을 아이들이 잘 읽을까. 다른 때보다 읽는 분위기를 더 살폈다. 이 녀석들이 졸지는 않나. 미심쩍은 마음으로 둘러보았다. 아이들은 무심한 듯하면서도 눈길이 책에 가 있다. 잘 읽고 있나 점검해봐야지. 내가 "2000년 이후 치킨시장에서 1위를 수성하고 있는" 구절을 읽으면서 "브랜드는?" 하고 말끝을 올리니, 아이들이 바로 뒤의 구절에 나오는 BBQ를 퀴즈 정답처럼 말한다. 내가 "2014년 상반기 브랜드 파워 1위 자리를?" 하니까, 아이들이 "네네치킨에 내줬어요."라고 답한다. 잘 읽고 있네. 책 읽고 있는 거 맞네. 치킨 브랜드 공부를 할 의도는 아니었지만 말이다.

나머지는 각자 읽어 오라고 과제를 내주었다. 얼마나 읽어 올지는 모르겠다. 오늘은 저자 소개글과 서문 중심의 새로운 독서법을 개발해보았다. 이번에 잘 통하면 다음에 또 써먹어야지.

다음 주 작가와의 만남 성공을 위해, 오늘은 '치킨 분위기'를 띄워야 한다. 수업 말미에 치킨에 대한 이런저런 이야기를 나눴다. 기쁨의 치킨. 아이들은 친구와 했던 치맥(아니, 십대 후반인 이 녀석들이 벌써 '맥'을 곁들이다니?!), 자신의 생일에 가족과 축하 파티를 하면서 먹었던 치킨이 기쁨의 치킨이었다고 한다. 역시 좋아하는 사람과 함께 먹는 음식에는 감정도 오롯이 담기게 마련이다.

그러면 슬픔의 치킨은? 철민이는 재판 전날 친구와 만나서 먹었던 치맥이 슬펐단다. 소년원에 가면 당분간 이런 자유가 없을 것이라는 생각에 먹으면서도 우울했다고 한다.

"재판을 받는 순간, 제 인생이 끝 모를 구렁텅이로 떨어질 것 같았어요. 그래서 치킨이 무슨 맛인지도 모르고 먹었어요."

소년의 마음에 기쁨이 있다. 그리고 슬픔이 있다. 기쁨과 슬픔이 갈라지는 지점에는 어김없이 '재판'이 있다. 삶에서 누린 기쁨의 시간은 재판 받기 이전이고, 슬픔의 시간은 재판 받던 시간과 지금 소년원에 있는 시간이다. 치킨에 대한 기억도 여기에서 벗어나지 못한다.

당신에게 미안한 소설 새벽입니다

지난여름에 있었던 작가와의 만남을 생각한다. 불쾌함이 지금까지 희미하게 남아 있다. 당시 국어반 학생이 네 명이었는데, 1학기 때 같이 공부하던 도운이와 근철이를 '작가와의 만남'에 초대했다.

남자고등학교에 근무할 때 눈치챈 것이 있다. 남학생 집단에서는 서열이 어느 정도 정해져야 평화가 찾아온다. 바로 이것 때문이었다. 도운이와 근철이가 미리 같이 책을 읽거나 책 대화를 함께하지 않은 채, 작가와의 만남 당일에 툭 끼어드니까 서열에 혼란이 왔나 보다. 작가님 앞일망정 내가 더 '센 놈'이라는 것을 과시해야 하는 분위기가 되었다. 그 '센 척'은 주로 '껄렁댐'으로 표현되었다. 아이들은 작가님의 말에 귀 기울이기보다 서로 껄렁거리는 말을 하느라 분주했다.

"작가님, 몇 살이세요?"

"음, 나 ○○살이야. 보기보다 많지?"

"우아, 진짜 많으시네. 우리 엄마뻘이야."

"왜? 넘봤냐?"

망할 자식들. 이런 식의 성희롱 발언을 하는 거다. 나는 "그런 말 하면 안 돼." 지적만 하고 넘어갔다. 작가를 옆에 두고 학생을 혼내는 것이 불편해서였다. 작가님이 그 말을 못 들었을 리 없다. 민망하고 죄송하고 당황스러웠다.

센 척은 약한 놈을 무시하는 것으로 표현되었다. 유성이는 다른 아이들에 비해 유약한 편이다. 아이들은 내가 준비해간 간식을 먹고 나더니, 유성이 앞에 껍데기를 모아 쓰레기장을 만들어놓는다. '나는 이렇게 약한 놈에게 함부로 할 수 있고, 심부름시킬 수 있는 센 놈'이라는 것을 보여주고 싶었던 것이다.

작가의 이야기에 집중하기보다는 서로 존재감을 과시하고 싶어 하는 욕망, 이것이 수시로 두드러지는 상황은 불편했다. 그날, 아이들은 모든 것에 건성이었다. 심지어 소감문도 놀라울 정도로 건성으로 썼다.

끝나고 밖으로 나오면서, 작가님에게 힘들지 않으셨냐고 물었다. 작가님은 학교 작가와의 만남에 가면 자신의 책을 읽지 않은 아이들을 모아놓고 행사를 하는 경우도 있는데, 소년원 아이들이 모두 책을 미리 읽고 이런저런 준비를 해서 좋았다고 한다. 전혀 힘들지 않았다는 말을 남기고 떠났지만, 나의 찜찜함과 불편함은 오래 갔다. 이후, 다른 작가를 소년원에 초대할 엄두가 나지 않았다. 이것이 3개월 동안 작가와의 만남 소강 기간이었던 까닭이다.

그동안 소년원에 왔던 작가님들 모두 힘들었을 수 있다. 우선, 공간이 매력적이지 못하다. 건물 외양, 운동장, 복도, 교실의 생김새는 70년대 영화를 촬영하기에도 손색이 없다. 지문 인식기만 제외하면 60년대도 가능할 것이다. 미적인 것을 고려하지 않은 공간이다. 아름답다는 느낌은커녕 처음부터 끝까지 삭막하고 멋없기만 하다.

소년들을 만나는 공간 그러니까 교실은, 교실이라고 부르기가 뭣하다. 학교 교실의 3분의 1 정도 크기 되려나. 주말에는 종교단체 예배를 보는 곳이다. 그렇지 않아도 좁은 교실은 예배를 위한 도구와 사물함이 떡하니 차지하고 있다. 맞은편에는 업무용 책상과 의자가 있고, 교실의 본공간이라고 부를 수 있는 곳은 4인용 좌식 테이블을 네 개 정도 펴면 꽉 찬다. 이 정도면 외부의 누구를 초대하기에 머쓱한 공간이다. 환대의 공간이 아니라 푸대접의 공간이라는 말이 어울린다.

나는 이 푸대접의 공간에 익숙해졌다. 3월 초에는 교실을 보고 낯이 뜨거웠다. 여기에서 수업을 하라고? 이 정도면 창고 아니야? 이 공간에서 수업을 해야 하는 상황 자체가 모멸로 느껴졌다. 그런데 시간이 지나니 익숙해진다. 아무렇지도 않아진다. 누구를 초대하고도 누추함에 대한 부끄러움이 옅어졌다. 슬픈 일이네. 바꾸지도 못하면서 익숙해지기만 했다니 말이야.

아이들은 어떤가. 아무래도 부족하고 평균에 못 미칠 가능성이 높다. 그렇게 부족한 모습을 보일 때가 많았다. 작가님들이 바깥세상에서 만나는 아이들은 긍정적이고 우호적인 경우가 더 많을 것이다. 작가님들은 얼마나 흥이 안 나고 어려웠을까. 나는 그런 생각은 못 하고, "우리 아이들 귀엽죠? 순진하죠? 착하죠?"라고 노래를 불렀다.

요즘 '학교'는 공간 혁신, 감성 디자인 사업 등을 하면서 교실을 비롯한 학교 공간이 아름다워지고 있다. 사용자인 학생들의 의견을 물어서, 이를 반영해 공간을 구성하려고 애쓴다. 공간을 사용할 아이들을 공간의 주체로 세우려는 것이다.

소년원은 교도소인가. 아니다. 교정과 보호를 위한 '특수교육기관'이다. 하지만 이 아이들이 머무는 공간은 교육기관이라 보기 어렵다. 교육기관은 공간도 교육의 의미를 담고 있어야 하기 때문이다. 공간이 사람을 만들고, 사람이 공간을 만든다는 말이 있다. 공간은 그저 공간이 아닌 것이다. 따뜻한 공간에서 나오는 기운은 사람의 몸에 영혼에 스민다. 이 '스밈'이 축적되어야 건강한 어른으로 살아가지 않을까.

소설小雪 새벽. 당신들 모두에게 미안未安해진다. '마음 편안하지 못함'이다.

한 사람의 영혼을 따뜻하게 환대하는 것과는 거리가 먼 그곳, 지금 거기에 있을 소년에게 미안하다. 겨우 일주일에 한 번 찾아가서 얼굴 내밀고, 글이나 몇 줄 읽다가 오는 국어 선생 주제에 엄살 피우는 이야기를 떠들어댔다. 나 역시, 아무것도 변화시키지 못하는 '어른'이었다. 그래서 마음이 편안하지 못하다.

일 년 동안 환대와 밝음의 장소가 아닌 푸대접과 찬 기운의 공간에 기꺼이 찾아와준 작가님들에게도 많이 미안해진다.

밤새 첫눈이 내렸으면 좋겠다. 미안함 위에 첫눈이 하얗고 도톰한 솜이불처럼 내리면, 그러면 좋겠다.

여기는
어디의 샛길이지?

"혹시… 아침 8시에 닭 튀겨주실 수 있나요?"

열 군데에 전화를 돌렸다. 아홉 번 실패하고 한 번 성공했다. 인터넷 지도를 보고 소년원 근방에 있는 치킨매장 열 곳을 찾아서 전화를 걸었다. 나의 소심한 요청은 번번이 거절당했다. 대한민국에서 치킨 인기가 아무리 높다 해도, 아침에 치킨 먹는 경지에는 이르지 못했다. 그런데 딱 한 집, D치킨 사장님이 오전 8시 닭 튀기기를 수락했다. "아예 밤새우고, 치킨 튀겨드리고 퇴근해야겠네." 하면서 말이다. 이건 뭐, 거의 윤허 받는 기분이었다. "사장님, 감사해요!" 하니, "아이구, 돈 받고 하는 일인걸!" 하신다.

여섯 번째 작가와의 만남,『대한민국 치킨전』을 쓴 정은정 작가를 초대했다. 치킨을 통해서 우리 사회를 들여다보는 책이다. 책 한 권이 다 치킨 이야기다. 작가님도 치킨에 대한 말씀을 주로 하실 텐데, 도저히 자신이 없었다. 아이들에게 '그림의 떡'처럼 치킨 이야기만 듣게 할 자신 말이다. 바깥세상의 아이들 같으면, 강의를 들으면서 속으로 '집에 가서 치킨 먹어야지' 하고 집에 가면 얼른 치킨집에 전화를 할 것이다. 하지만 우리의 소년들은 치킨집에 당장 전화를 할 수도, 오늘 저녁 그것을 먹을 수도 없는 처지다 보니, 나는 아침 댓바람부터 치킨을 구해야 했다. 이참에 '모닝 치킨'이라는 신조어를 등록해 볼까.

치킨을 차에 실으니, 차에 기름 냄새가 꽉 찬다. 냄새에 금세 질린다. 자동차 뒷자리에는 치킨들을, 옆자리에는 '치킨전 선생님'을 태우니, 완벽한 치킨 자동차가 되었다. 소년원을 향해 달린다. 부릉부릉.

칠판 크기의 넓적한 현수막을 두 장 만들었다. 별다른 이유는 없다. 내 기분이 시켜서 한 일이다. 기분주의자의 세계에서는 흔한 일이다. 두 장의 내용은 조금 다르다. 한 장에는 만남의 개요를 적고, 다른 한 장에는 아이들이 책을 읽고 써낸 것을 적었다. 한 장은 칠판에 자석으로 붙였다. 다른 한 장은 붙일 곳이 마땅치 않다. 작가님 앞의 책상에 상보 씌우듯이 덮었다. 괜찮네. 완벽한 치킨 분위기.

아이들이 오기 전에 작가님에게 양해를 구했다.

"작가님, 근철이라는 학생이 있는데, 아마 작가님께 몇 가지 무례한 질문을 할 거예요. 자동차 있으세요? 일 년에 얼마나 버세요? 결혼은 하셨어요? 이런 질문들요. 결혼 안 했다고 하면, 저번에 다녀간 김동식 작가님과 연결해드릴지도 몰라요. 참, 결혼은 하셨구나. 당황하실까봐 미리 말씀드려요. 작가님들 오실 때마다 근철이의 전용 질문이에요."

오늘 참석 학생은 세 명이다. 나는 그렇게 알고 있었다. 문이 열리고 아이들이 들어오는데 뜻밖에 도운이의 얼굴이 보인다.

"와아! 도운아! 어떻게 왔어? 소년원 샘이, 너 미용 실기 시험 연습해야 해서 못 보낸다고 했는데!"

"현숙샘 보고 싶어서 왔죠."

어라, 동수도 왔네. 국어수업에 두 번 왔던 소년. 동수는 첫 번째 수업 때 나랑『소년의 마음』을 읽고, 두 번째 수업 때는 우울증 약이 세서 졸리다고 엎드려 잠만 자더니, 그다음부터 안 왔다. 소년원 직원 말로는 부적응 등 여러 가지 문제가 있어서 수업에 오기 힘들 거라고 했는데, 오늘 왔다.

"동수야, 너 어디 다녀왔어? 그동안 왜 안 왔어?"

"징벌방 갔었어요."

이 말을 하면서도 눈은 순하게 웃고 있다.

"이렇게나 오래?"

족히 보름은 있었던 것 같다.

"예."

"힘들었겠네."

"예."

동수는 긴 시간 내내 쪼끄마한 방에서 나오지도 못하고, 혼자 있었던 거다. 무슨 생각을 하며 보름을 지냈을까. 누구를 보고 싶어 했을까. 언제로 돌아가고 싶었을까. 먹고 싶은 음식, 하고 싶은 일은 무엇이었을까. 얼마나 외로웠을까. 궁금한 것이 많았지만 지금은 물을 수 없는 상황이다.

나이가 가장 많은, 유일한 이십대 학생, 근철이가 사회를 봤다. 순서대로 진행할 멘트를 간단하게 써주었더니 근철이는 영혼 없이 읽기만 한다.

　"서로 인사를 하겠습니다. 돌아가면서 자기소개를 해주세요."

　기계음으로 들어도 이보다는 감정이 담겨 있겠다.

　기쁨의 치킨. 좋아하는 사람들과 함께 먹었던 치킨은 기쁘다. 슬픔의 치킨. 혼자 먹은 치킨은 슬프다. 다리가 하나만 들어 있던 치킨은 유독 슬프다. 왜 다리가 하나였을지 우리는 다양한 추리를 해보았다. 작가님이, 여러 마리를 동시에 튀기다가 박스에 나눠 담을 때 착오가 있었던 것은 아니었을까 하는 추리를 먼저 했다. 동수가 즉각 반박에 나섰다. 한 마리 별로 망에 넣어서 튀기기 때문에 그런 착오는 생기기 힘들다는 것이다. 참고로 동수는 치킨집에서 자그마치 2년 동안 일을 한 경력자다. 도운이는 알바생의 소행일 것이라고 주장했다. 알바생이 사장님을 마음에 안 들어 할 때, 그런 심술을 부리기도 한다는 것이다. 자기도 그런 경험이 있단다.

　'치킨이란 누군가에겐 기쁨, 누군가에겐 슬픔.'

　치킨 한 줄 명언이 탄생했다. 민우가 만든 말이다. 민우야, 치킨만 그렇겠니. 세상 모든 것이 다 그럴 거야. 얌전한 밤바다도 누군가에게는 기쁨, 누군가에게는 아쉬움. 뜨신 국수 한 그릇도 누군가에게는 즐거움, 다른 누군가에게는 서글픔일 수 있겠지. 민우는 인생의 진리를 알아버렸다.

작가님의 강의는 50분 정도 진행되었다. 재미있고 공감 가는 이야기였다. 그런데 듣는 아이들을 보니 반응이 없다. 도운이만 살짝 웃기도 하고, 고개를 끄덕이기만 할 뿐. 다른 아이들은 감정을 알 수 없는 표정이다. 그저 듣는 듯하다. 참, 치킨집 알바 2년 경력자, 동수도 잘 들었다. 마치 자기의 '나와바리' 이야기를 듣는 것 같은, 시종일관 다 아는 것 같은, 여유 있는 표정으로 말이다.

다른 이의 이야기를 듣는 것은 하나의 문화적 경험이고 삶의 경험이다. 단편적인 정보를 얻는 경험이 아니라, 30분이 넘어가는 맥락 있는 이야기를 듣는 경험. 어린 시절부터 이런 문화적 경험이 많은 아이가 있는가 하면, 그렇지 않은 아이도 있다. 이 차이가 쌓이고 쌓이면 어떻게 될까. 좀처럼 메울 수 없는 공백, 뛰어넘을 수 없는 문화적·지적 격차가 생긴다.

학교에서 저자를 초청했을 때, 작가가 파워포인트나 동영상 같은 시각적인 보조 자료 없이 '말'만으로 한 시간 넘게 이야기를 이어갈 때가 있다. 요즘 보기 드문 경우지만, 의미 있는 강의 유형이라고 생각한다. 듣는 이의 몫이 커지는 상황이다. 듣는 사람이 머리에서 맥락도 이어가고, 요약도 하고, 재구성도 해야 하는 까닭이다. 이럴 때에도 이야기를 듣는 힘의 차이가 드러난다. 어린 시절부터 축적되어온 '이야기를 듣는 문화적 경험'의 차이가 여기서 작동한다. 이 차이가 학습 능력에 이어지는 것은 말할 나위 없다.

또 하나. 아이들의 무표정과 무반응에서 '주인공이 되어본 경험의 빈곤'을 읽는다. 서른 명 정도 있는 교실 풍경을 떠올려보면 된다. 교사는 수업하면서 주로 누구를 바라보게 될까. 눈빛을 빛내며 듣는 아이, 고개를 끄덕이며 집중하는 아이, 교사 말의 유머 포인트에 웃음으로 답하는 아이를 보며 말을 이어나간다.

내 앞의 소년들은 교실에서 어떤 학생이었을까. 교사가 수업하며 눈길을 주게 되는, 그런 빛나는 학생이었을까. 내가 대답하지 않아도, 끄덕이지 않아도, 웃지 않아도, 누군가가 그런 역할을 충분히 할 때, '나'는 투명한 존재가 되어도 좋다. 투명한 사람이 되는 편이 차라리 낫다. 내 앞의 소년은 수업 분위기를 방해하지 않는, 있는 듯 없는 듯한, 조용한 구경꾼의 역할을 더 많이 해왔을 것이다. 어쩌면 말썽꾸러기보다는 투명인간의 역할을 기대받았을지도 모르겠다. 소년의 무반응에서 이런 삶의 이력을 읽어버렸다.

오늘 근철이는 그만의 전용 질문을 하지 않았다.
"근철아, 오늘은 질문 안 해? 너만의 질문들, 그거 있잖아."
"선생님, 저 이제 철 들었어요."
근철이는 철이 들었다. 나만 몰랐다.

작가님이 사진을 보여주었다. 거친 손이 벼이삭의 낟알을 매만지고 있는 사진이었다. 이 손, 어때요? 작가님이 물었다. 일 많이 한 손이에요. 고생한 것 같아요. 아이들의 이런 말들 끝에 동수가 "불쌍해요, 마음 아파요." 한다. 나는 고개를 돌려서 이 말을 하는 동수 얼굴을 물끄러미 바라보았다. 그러지 않아도 웃는 것 같은 작은 눈을, 더 작게 찌푸리고서 마음 아프다고 말하는 동수 얼굴.

동수는 거친 손을 보고 마음이 흔들렸다. 어떤 존재 앞에서 아름다움을 느끼고 설레는 시간이 우리에게 찾아오고는 한다. 손 한번 만져보고 싶은 마음이 들기도, 헤어짐이 아쉽기도, 야속하고 속상하기도 하다. 그럼에도 그리운 마음을 거둬들이지 못하는 시간들. 모두 우리의 마음이 흔들리는 순간이다. 흔들려서 만들어진 마음의 무늬이다. 동수의 마음도 그렇게 흔들렸다.

그리고 나는 동수의 말과 표정에 마음이 흔들렸다. 아니, 큰 진폭으로 휘청였다.

고생한 손을 보고 마음 아파하는 아이, 다른 이의 고단한 삶을 불쌍하게 여기는 아이가 여기에 왜 있을까? 이런 '고운 마음'으로 어떤 범죄를 저질렀을까? 마음이라는 것이 도대체 뭐지. 사람은 여러 가지의 다른 모순된 마음들을 도저한 지층처럼 겹겹이 지니고 있는 걸까. 이곳에는 '어떤 부류의 마음'을 지닌 소년이 오는 걸까. 마음의 고저 내지는 상중하, 혹은 미추를 나눌 수 있을까.

모르겠다. 지금은, 아직은, 모르겠다. 이곳을, 이 아이들을, 너의 마음을, 그리고 나의 마음을, 어떻게 규성지어야 하는지. 마음이 도대체 무엇인지 말이다.

어떤 물음이, 궁금함이, 알 수 없어 답답한 마음이 서늘한 얼굴로 슬며시 내 옆에 와서 앉는다.

'여기는 어디의 샛길이지? 여기는 어디의 샛길이야?'*

나의 마음
순하게 만드는 사람

　수업시간에『슬기로운 미디어생활』의 여덟 페이지를 읽었
다. 8쪽에 지나지 않지만 대단한 미션을 마친 기분이다. 여태
까지 다른 책들을 읽을 때 중간에 "얘들아, 이 책 어때? 읽을
만해?"라고 물으면, 아이들은 늘 "예."라고 대답했다. "재미있
어?"라고 물어도 "예."라고 했다. 나는 "예."라는 답을 '예의'
로 여겼다. 그런데 예의가 아니었다. 이번에 "읽을 만해?"라
고 물었더니, "아니요."라고 하는 거다. 헉. 특단의 조치가 필
요하다. 읽는 도중 계속 치고 들어가서 질문도 하고 설명도 하
고 친근한 예시도 든다. 그렇게 해서 여덟 페이지를 읽었다.
간신히 읽었고 겨우 읽었다. 8쪽 읽기를 마치고 나는 아이들
에게 박수를 치라고 했다. 8쪽 읽기에 성공한 자신을 위해서
치는 박수였다.
　겨우 8쪽을 읽어내는 것이 왜 그리 힘들었을까? 이유는 이
야기가 있고 없고의 차이다. 고등학생도 이야기가 있는 책을
좋아하고, 수월하게 읽는다. 어른도 마찬가지다. 특히 읽는 힘
이 약한 학생들은 이야기가 없는 책(비문학) 읽기에 그야말로

*　다자이 오사무,『인간실격』에서.

175

'젬병'이다. 국어반 학생들도 읽기의 경험이 적고 읽는 힘이 약하다 보니 이런 일이 생겼다.

사실, 이 책의 작가님을 12월에 초대할 계획이었다.

"얘들아, 이 책에 너희들이 좋아하는 게임 이야기 나오니까 흥미 있지?"

"…."

"이 작가님을 우리 수업에 초대하면 어떨까? 게임 이야기 재미있게 해주실 것 같은데. 작가님 만나보고 싶지?"

"… ."

"아니, 왜? 만나면 정말 형님 같으실 텐데."

"저희는 작가님 오는 것보다 샘이랑 같이 국어공부하는 게 더 좋아요."

이건 조작 아닌 실화다. 이 이야기를 특성화고에 근무하는 허보영 선생님에게 해줬다. 허보영 선생님은 "선생님은 좋겠다. 어떻게 하면 애들에게 그런 말을 듣냐." 하며 부러워한다. 공립학교 교사가 소년원에서 수업하는 교사를 부러워하다니. 믿기 어려운 이야기다.

"작가님이 여기에 오실 기대를 하고 있을지도 모르는데, 어쩌냐."

"작가님이 여기 오기로 하셨어요?"

"오고 간 이야기가 좀 있긴 하지."

"그러면 초대하기로 해요."

흠, 녀석들이 마음을 크게 쓰네. 하지만 아이들이 글을 통해 매력을 느끼고 만나고 싶은 작가님을 모시는 것이 먼저다.

작가님, 미안합니다.

　수업 끝나고 나오는 길. 우리가 수업할 때 늘 교실 한편에 계시는 소년원 선생님이 이러신다.

"옆에서 봐도 애들이 국어공부 재미있어하는 게 보여요."

　그러고는 이렇게 덧붙인다.

"동수도 나쁜 애 아니거든요. 욱하는 감정 때문에 갈등을 일으켜서 그렇죠. 누가 동수 옆에서 선생님처럼 다정하게 얘기해주면 좋겠어요. 그러면 그 녀석도 마음이 순해질 텐데…."

　어른인 나에게도 그런 존재는 필요하다. 나의 마음을 순하게 만드는 사람. 사납고 날 선 마음의 결을 조용히 빗질해서 얌전하게 만드는 사람. 싸우듯이 살다가도 팔다리에 긴장 풀고 몸도 마음도 평평하게 눕게 만드는 그런 사람. 이런 사람 하나 없다면 누구도 멀쩡하게 살아가기 힘들다. 소년에게는 더 절실한 존재, 사무치게 필요한 존재가 아닐까.

기껏해야
말로 길을 내줄 뿐이야

　우리는 『슬기로운 미디어생활』이라는 책의 일부(게임의 세계)를 읽었다. 나의 게임 경험이나 배경지식은 딱 '애니팡' 정도다. 영화가 '남의 이야기'를 받아들이는 서사라면, 게임은

'나의 이야기'를 만들어 나가는 매력이 있다는 책의 내용이 흥미로웠다. 게임이라는 세계의 한 귀퉁이를 알게 되었다. 책을 읽은 후, "게임하는 것과 영화 보는 것 중 어느 것을 더 좋아해? 이유는 뭐야?"라고 물었다.

동수는 게임을 별로 즐기지 않는다고 한다. 영화와 드라마 보는 것을 더 좋아한다고 한다. 어떤 영화를 좋아하느냐고 물었더니 슬픈 영화를 좋아한단다.

"저, 슬픈 영화 보면서 많이 울어요. 드라마 볼 때도 그렇고요."

"그래? 무슨 영화가 그렇게 슬펐어?"

"〈하모니〉, 〈연평해전〉, 〈은밀하게 위대하게〉, 이런 영화들요."

"진짜? 동수가 눈물이 많다고 하니 뜻밖이야. 나는 〈번지점프를 하다〉를 보고 많이 울었어."

"그 영화는 못 봤어요. 나중에 봐볼게요."

놀랐다. 동수의 말에 놀랐다기보다는 내 안에서 작동하는 '공식'이 느껴진 까닭이다. 학교에서 정말 드물게 만난 '좋지 않은' 아이들의 공통점은 연민의 마음이 적다는 것이었다. 그 아이들은 고통에 처한 사람을 보고도 불쌍하다고 느끼는 마음이 다른 아이들보다 무뎠다. 동수가 영화의 슬픈 장면에 눈물을 흘리는 것은 연민할 줄 아는 마음을 지녔다는 의미 아닐까. 동수가 감정의 기복이 심하고 절제가 잘 되지 않는 아이라고는 하지만, 자신이 아닌 외부의 대상에 '불쌍하다', '가엾다'고 느끼는 감정은 소중하다.

내 안에서 작동한 공식은 이런 거다. 여기는 사회적으로 범죄를 저지른 사람들이 오는 곳이야. 범죄자는 '어떤 부류의 사람들'이겠지. 그 '부류의 사람들'은 타인의 고통에 둔감하지 않을까. 그러니 남에게 해를 끼치는 일을 했겠지. 그런데 연민할 수 있는 마음을 지닌 아이가 여기에 왜 있을까. 이 아이는 무슨 일을 했던 것일까. 어떤 범죄를 저지른 것일까.

고정관념의 뿌리는 깊고 집요하다. 그 뿌리가 내 몸의 신경 어디쯤까지 닿아 있는지 나도 알 수 없다. 아이들이 시를 잘 외울 때, 책을 잘 읽을 때, 나에게 정성 들인 편지를 건넬 때, 나의 마음은 많이 흔들렸다. 곰곰이 생각해보니 그 흔들림은 감동보다는 충격에 가까운 것이 아니었을까. 내가 지닌 고정관념과 충돌하는 데서 생긴 충격 말이다. 모퉁이를 돌 때마다 나는 나의 편견과 마주쳤고, 그렇게 흔들려온 봄, 여름, 가을이었다.

동수는 욱하는 성질을 참지 못해서 소년원에서도 친구들과 주먹질을 하며 싸웠다. 그래서 징벌방에 보름 동안 갇혀 있다가 나왔다. 징벌방은 1인용 담요를 두 장 펼 수 있을 정도의 면적이라고 한다. 화장실 말고는 아무것도 없다. 징벌방에 들어갈 때, 아이는 자신이 깔고 덮을 이불과 읽을 책 몇 권만 가지고 들어갈 수 있단다. 밥도 방에 넣어주기 때문에 보름 동안 방 밖으로 한 발자국도 나갈 수 없다. 교육기관 아닌, 감옥에나 어울리는 '형벌의 시간'이다.

동수는 징벌방에서 할 일이 너무 없어서 가지고 들어간

『회색 인간』을 세 번이나 읽었다고 한다. 읽을수록 재미있고 기괴해서, 작가님이 어떤 사람인지 궁금해졌단다. 작가님을 초대하면 안 되느냐고 나에게 묻는다. 국어반 소년들이 작가와의 만남을 여섯 번 하더니 작가님 만나는 것을 예사로 안다. 책을 읽다가 궁금한 것이 생기면 작가님을 만나서 물어보고 싶어 한다. 아이들의 이런 모습이 예쁘다. 문화를 풍부하게 누리는 것을 자연스럽게 여기는 모습이니까. 이 아이들이 이렇게 문화생활 누리는 것을 남의 것 아닌 나의 것으로 당연하게 여기며 살았으면 좋겠다. 작가를 만나 궁금한 것을 묻는 시간을 일상으로 여기며 살았으면 좋겠다. 아무튼 소년원 학생들에게 인기 있는 책이 되면, 그의 인생에서 절대로 잊을 수 없는 책이 될 수 있다. 열흘 넘게 갇혀서 몇 번씩 읽었으니 쉽게 잊힐 리 없다. 그의 인생에서 가장 강렬한 책이 될 것이다.

동수는 곧 집중방에 가게 된다. 집중방은 벌점을 많이 받았을 때 가는 방인데, 이 방에 들어가면 운영 프로그램을 따라야 한다. 주로 글쓰기와 108배를 한다고 한다. 징벌방과의 차이가 이것이다. 이 차이만 제외하면 격리당하고 갇히는 방이기는 매한가지다. 동수는 인상을 찌푸리고 "아, 집중방은 정말 가기 싫어요. 거기 간 애들은 다 살이 쪽 빠져서 와요." 말한다.

동수와 이야기를 나누는 동안 나는 생마늘을 무턱대고 씹어서 삼킨 것 같았다. 속이 아려왔다. 동수에게 달리 해줄 것이 없다. 시 엽서 뒷면에 '말'을 써주었다.

"동수야, 오늘은 '오늘 너의 마음'을 잘 보살피렴."

말로 하는 기도가 되었으면 좋겠다. 말로 따뜻한 길을 내주는 일이라는 생각에, 한 글자마다 마음을 담아 진하고 큼지막한 글씨로 썼다. 마치 부적처럼 말이다. 효험이 나타나는, 강력한 주문이 되기를 바라는 마음. 내가 건넨 말을 받은 동수는 이렇게 답을 한다.

"예, 선생님."

수업 끝나고 나오는 길, 학교 건물 앞의 성모상이 눈에 들어온다. 성모상은 아이들이 나다닐 수도 없는 건물 밖에, 1940년대 영화를 찍어도 될 법한 외양의 건물 앞에 외로이 서 있다. 종교도 없는데 나도 모르게 성모상 앞에 잠시 서서 눈을 감고 두 손을 모아 기도했다. 이 아이를 지켜주세요.

운동장을 가로질러 걸어 나왔다. 풀 마르는 냄새가 훅 난다. 겨울을 향해 뭔가 급하게 내리닫는 느낌이다. 나는 아직 더 흔들려야 하리.

기다림에도
온도와 표정이 있다

토요일, 소년들을 만나러 면회실에 왔다. 11시 30분까지 도착해야 짜장면을 주문할 수 있는데, 집에서 꾸물럭거리다 시계를 보니 11시 25분이었다. 이크, 큰일이네. 짜장면 주문을 못 할까봐 폭주족이 되어 광란의 운전을 해서 달려갔다. 간신히 마지막으로 짜장면을 주문할 수 있었다. 소년원 직원이 면회실에서 주문을 받아 인근 중국음식점에 전하면 식당에서 음식을 가지고 온다.

면회실이 꽉 찼다. 인원에 비하면 실내는 조용하다. 사람들은 다른 테이블을 두리번거리지 않는다. 큰 소리로 웃지도 떠들지도 않는다. 대부분의 사람들은 양손을 맞잡거나 모은 채 테이블에만 시선을 두거나 일행과 조용조용 대화를 하고 있다. 낯선 조용함, 생경한 차분함이다. 테이블 위에는 다들 뭔가를 잔뜩 늘어놓았다. 사이다, 불닭볶음 컵라면, 초콜릿, 프링글스, 꼬깔콘, 젤리 등으로 한 상 차려놓았다. 그리고 빈 의자가 하나씩 있다.

기다리고 있는 것이다. 웅크린 자세, 조심조심 대화하는 목소리, 염려와 그리움이 배어 있는 표정. 기다림에도 얼굴이 있었다. 기다림에도 표정이 있었다. 나는 익숙하지 않은 온도와 표정을 가진 기다림의 낯빛을 보았다.

이들이 기쁜 소식을 전하러 오는 이를 기다리고 있는 거라면 어떠했을까. 뭔가에 승리하고 돌아오는 이를 기다리는 것이어도 여전히 웅크림과 조심스러움이 감지되는 얼굴이었을까. 낯선 조용함의 정체를 어렴풋이 알 것 같았다. 자랑할 것 없는 기다림, 세상에 거침없이 내놓기에는 거리낌이 있는, 어쩌면 누가 알까 걱정되는, 부끄러울지도 모를, 그 마음.

갑자기 웅성웅성. 사람들이 하나둘 의자에서 일어난다. 모두의 시선과 몸이 한 방향을 향한다. 운동장 저편에서 소년들이 열을 지어 인솔자를 따라 이쪽으로 걸어오고 있다. 한 명씩 두 명씩 면회실로 들어서는데 아무도 큰 소리로 "누구야", "아무개야"라고 이름을 부르지 않는다. 들어온 소년의 눈빛이 두리번거리다가 기다리던 이를 찾으면 그쪽으로 걸어간다. 아버지가 꽉 안아주기도 하고 어머니가 손을 잡고 손등을 하염없이 쓰다듬기도 한다.

옆에 앉혀놓고, 어머니는 아들 귀를 매만지고 손을 마주 잡는다. 어머니의 눈길은 소년의 얼굴을 떠나지 못한다. 과자 봉지를 뜯고 음료수 뚜껑을 열어서 소년 앞에 밀어놓는다. 반가움에 목소리가 커지는 사람도, 눈물 흘리며 애달파 하는 사람도 없다. 그저 곡진曲盡한 공기가 실내를 서서히 메운다. 염려와 걱정, 안도와 안타까움, 반가움, 간절한 마음들이 술렁술렁 조금씩 조금씩 면회실을 채운다.

나는 부모는 아니지만, 네 명의 소년과 짜장면 회식을 했다. 지난여름의 회식과 마찬가지로 왕자님 면회 놀이였다.

동수가 짬뽕 국물을 쏟는 바람에 나는 휴지를 가지러 황급히 카운터에 다녀왔고, 철민이가 믹스커피를 너무 먹고 싶어해서 커피 자판기까지 두 번이나 갔다 왔다. 매점에서 사줄 수 있는 품목 몇 개 중에 폼클렌징을 하늘색과 분홍색으로 골고루 사서 선물로 줬더니, 소년들이 하늘색을 선호해서 분홍색을 하늘색으로 교환하러 매점에 또 다녀와야 했다. 덩치가 곰만 한 민우가 젤리를 먹고 싶어 해서 또 매점에 다녀오고…. 한 시간이 어떻게 가는지 모를 정도로 왕자님 면회 놀이가 빡

세다.

철민이는 곧 집에 갈 생각에 벌써부터 들떠 있다. 동수는 집중방에 가야 한다는 생각에 걱정이 이만저만이 아니다. 민우는 방에만 갇혀 있어야 하는 주말, 방 TV에 채널이 안 잡혀서 TV도 못 보고 어떻게 보내야 할지 모르겠다며 울상이다.

왕자님 면회 시간이 끝났다. 면회실 부모님들의 얼굴에 안타까움이 뒤덮인다. 손을 놓지 못한다. 잘 지내. 또 올게. 밥 잘 먹고. 선생님 말 잘 들어. 이번에도 면회실 사람들의 몸과 눈길이 동시에 한 방향을 향한다. 모두 창밖으로, 저편만 바라본다. 소년들이 뽀얗게 먼지를 일으키며 걸어가는 운동장. 뽀얀 흙먼지가 일어났다 가라앉고 나니 운동장은 텅 비었다.

우리의 회식은 명랑했다. 아니 우리의 회식만 명랑했다. 곡진함이 스미지 않은 만남이어서 그렇다. 기다림의 온도도 표정도 없는 명랑함이, 부끄러운 훈장 같다.

이런 곳에서 살았다는 흔적
남기고 싶지 않아요

"보영 샘. 소년원 일곱 번째 작가와의 만남에 누구를 모시면 좋을까. 일단 애들이 책을 재미있게 읽어야 하는데…."

"만화 『까대기』 이종철 작가님, 어때요? 택배 소재도 친근하고. 택배 알바 해본 애들도 있을 것 같아요."

검색해보니, 이종철 작가는 만화가가 되기 위해서 포항에서 서울로 왔다. 6년 동안 택배 상하차(일명 까대기) 아르바이트를 했다. 택배가 만화가 된 이야기. 땀이, 노동이, 사람이, 만화가 된 이야기였다. 『까대기』 작가님에게 단번에 끌렸다.

『까대기』를 수업에 가지고 갔다. 책 소개를 조금 해줬다. 아이들은 재미있을 것 같다면서 읽어보고 싶어 한다. 작가님을 만나고 싶어 한다. 작가님 나이가 얼마나 되었냐. 얼굴은 어떻게 생겼냐. 궁금해하길래 안 가르쳐주었다. 미리 알고 만나면 재미 없을까봐. 동수가 "표지 그림 분위기를 보니 형님이네." 라고 하는 바람에 호칭은 '종철 형님'이 되었다.

"종철 형님이 우리를 무서워하지 않을까요?"

"너희를? 왜?"

"범죄자잖아요."

말문이 막힌다.

"너희는 범죄자치고는 너무 귀엽지. 작가님이 충격받을 거야. 너희들 귀여워서."

사회에 나가도 이 마음이 이어지지 않을까. 누가 쳐다만 봐도, 누가 퉁명스럽게 말만 해도, 외면을 해도, 자기 마음에서는 비슷한 말이 들려올지도 모른다. 내가 소년원 다녀왔다고 경계하나. 소년이 이런 마음에 휘둘리지 않았으면 좋겠다. 자기 마음이 감옥이 되지 않았으면 한다.

책을 읽기 전에 택배라는 말에 떠오르는 모든 것을 써보라고 했다. 아이들은 공통적으로 '기대, 설렘'을 썼다. 택배는 선물의 느낌인 것이다. 이런 말도 나왔다. '택배기사님'. 그렇지. 기사님이 없다면 택배 배달이 불가능하니까. '상하차, 운송장 번호, 운송장 바코드, 레일, 쉬는 시간이 없음.' 이 말들은 한 아이가 다 쓴 거다. 이 아이는 택배 상하차 알바를 제대로 해본 거다. 물어보니 다섯 명 중 세 명은 택배 상하차 알바를 해봤다고 한다.

15분 정도 각자 읽었다.

"이 책, 어때?"

"너무너무 재미있어요."

"다행이네. 시간 아직 남았으니까, 더 읽어보렴."

이렇게 말했는데 아이들은 하나둘 슬그머니 책을 덮는다. 책을 덮고 가만히 앉아서 서로의 얼굴만 물끄러미 쳐다본다.

"얘들아, 책 재미없어?"

"재미있어요."

"근데 왜 안 읽어?"

"아까워서요. 재미있어서 아끼는 거예요. 이따가 저녁에 방에서 보려고요."

소년원 직원들은 나에게 곧잘 이야기하고는 한다.

"선생님, 이 아이들이 얼마나 파란만장한 범죄를 저지른 아이들인지 알면 깜짝 놀랄 거예요. 순진한 아이들이 결코 아닙니다."

모르겠다. 사람이 어떤 존재인지 말이다. 책이 재미있어서 단숨에 호로록 읽지 않고 아끼는 마음을 지닌 소년. 그냥 말갛다, 지금 나에게는. 어차피 책읽기를 거부한 아이들을 데리고 농담을 했다.

"얘들아, 국어시간 재미있지?"

"예."

"과학시간보다 재미있어?"

"예."

"국어시간보다 더 재미있는 시간 있어?"

"아뇨. 없어요."

"여기 선생님들 중 내가 제일 친절하지?"

"예."

"시간 남았는데, 철민이 시 열 편 외운 기념으로 시 외우는 거 음성 녹음할까?"

"아니요. 싫어요."

철민이가 단호하게 거절한다.

"왜? 너 목소리 멋있잖아. 나중에 집에 가면 녹음 파일 보내줄게."

"싫어요, 샘. 이런 데서 살았다는 흔적, 어디에도 남기고 싶지 않아요."

그래, 소년의 솔직한 마음이다. 이해한다. 그럼에도 이 시간의 맨얼굴을 마주할 때마다, 맨 아래 지층에 깔린 빛깔을 확인할 때마다 나는 헛헛하다. 소년이 남기고 싶어 하지 않는 시간에 나도 포함되어 있는 까닭이다. 나는 누군가의 어두운 시간, 달아나고 싶은 시간, 숨기고 싶은 시간에 함께 있는 사람이다. 여기에서의 시간은 소년의 삶에서 최대한 빨리 삭제되어야 하는 것이다. 나에 대한 기억도 아마 그렇겠지. 강물 깊은 곳에 고요히 가라앉은 채 아무도 들추어내는 일이 없어야 하는 앙금 같은 존재. 이런 생각 끝에는 어김없이 마음이 서늘해진다. 이 서늘함이 가장 아름다운 길이다.

우리는『까대기』
독서모임 중이에요

동수(19세): 택배 회사 사람들이 힘들어도 열심히 일하는 모습이 기억에 남아요. 저는 알바 하다가 힘들면 막 때려치웠거든요.

철민(18세): "금방이라도 얼어버릴 것 같은 날씨에도 물량은 여전히 많았고, 택배기사와 우리들은 온몸으로 겨울을 버텨냈다." 이 구절이 마음에 남았어요. 겨울 나기가 힘든데, 열심히 살려고 노력하는 모습이잖아요. 겨울에 택배 상하차 일 하는 거 진짜, 죽고 싶게 춥거든요. 간식으로 주는 빵도 완전 차가워요.

민우(17세): 이 책에서, 일하고 나서 친구 만나 술 한잔하는 장면, 저는 그게 좋았어요. 겨울에 전단지 돌리는 알바 했었는데, 진짜 춥고 돈도 얼마 안 줘요. 끝나고 친구랑 한잔할 때, 너무 좋았어요.

근철(22세): "이따가 커피 한 잔? 콜!" 이 구절이 좋았어요. 제가 택배 상하차 알바 해봤거든요. 겨울에 일 끝나고 믹스커피 한 잔! 이 기분과 맛을 제가 잘 알아요. 저는 택배 상하차뿐 아니라, 공사장 노가다, PC방, 횟집 알바, 다 해봤어요.

아이들에게 『까대기』를 주면서 확신이 없었다. 아이들이 몰입해서 잘 읽을 수 있을까. 미심쩍은 마음이었다. 사람을 혹 빠지게 만드는 드라마틱한 이야기, 선정적이고 자극적인 이야기가 이 책에는 없는 까닭이다. 이 책은 택배 상하차 일을 하는 사람들의 낮은 이야기, 춥고 배고픈 이야기, 고단한 이야기를 담고 있다. 이것이 전부다. 목소리로 치면 작은 목소리, 낮은 어조, 조곤조곤한 말투, 느린 목소리에 가깝다.

"이 책, 재미있어요!"
아이들은 신이 났다. 자기네 방 친구들도 다 봤고, 다들 재미있어했단다. 택배 상하차 알바는 남의 이야기, 다른 세상의 이야기가 아니었다. 자신이 경험한 구체적인 세계의 이야기였고, 자신이 잘 아는 세계의 이야기였다. 자기도 그렇게 몸을 쓰는 알바를 해봤으니까. 참지 못할 추위에 전단지를 돌려보았고, 한겨울에 얼음덩이 같은 빵을 씹어보았으니까. 그러니까 이 책은 소년의 삶의 결에 몹시 가까운, 생활 밀착형 이야기인 것이다. 아, 미처 예상하지 못했다. 아이들 나이가 17~20세, 고등학생 나이다. 이 연령의 어린 아이들이 공사장 노가다, 택배 상하차, 횟집, 전단지 돌리기 같은 다양한 노동의 이력을 이미 몸에 지녔으리라고는 상상하지 못했다.

문득 궁금했다. 학교에 다니는 고등학생들은 『까대기』의 '땀 흘려 일하는 사람들' 이야기에 어떤 반응을 보일까. 그 아이들도 힘든 일 끝나고 믹스커피 한 잔 하는 구절이 마음에 진한 점으로 남을까. 택배 상하차 노동자들이 힘들게 겨울을 보내는 이야기에 마음이 저릴까. 몸으로 일하는 사람들의 이야기에 자신도 덩달아 흥이 나서 이야기꽃을 피울까.

> 동수(19세): 최고의 알바는 웨딩홀 서빙이죠. 맛있는 것도 많지만 재미있고 예쁜 여자들도 많이 봐요. 최악의 알바는 횟집. 비린내 나고, 일이 엄청 많아요.
>
> 철민(18세): 최고의 알바는 오토바이 배달이죠. 한 건당 2700원씩 받으니까 쏠쏠해요. 최악의 알바는 바로 까대기. 너무 힘들어요. 다시는 안 하고 싶어요.
>
> 민우(17세): 최고의 알바는 없어요. 알바는 다 힘들어요. 최악의 알바는 전단지 돌리기. 힘든데, 돈을 조금밖에 안 주니까.
>
> 근철(22세): 최고의 알바는 PC방. 일하면서 슬쩍슬쩍 조금씩 게임할 수 있거든요. 최악의 알바는 공사장 노가다. 몸이 너무 힘들어요.

내가 지금까지 해본 아르바이트는 딱 세 가지다. 대학교 2학년 때 음악다방에서 20일 동안 신청곡을 틀어주던 일. 또 하나는 집집마다 방문해서 콘센트, 형광등, 전기밥통 숫자 등을 조사하는 일(가정집 승압 공사를 위한 조사)이었다. 이것도 20일 정도 했다. 그리고 과외 두 달. 친구들과 놀다 말고 과외

하러 가는 게 싫어서 때려치웠다. 알바의 경험으로 따지면 나는 한참 아래였다. 그러니 아이들처럼 구체적인 장면이 마음에 남기보다는 '우리의 마음도 파손주의입니다.' 같은 문장만 기억했다.

소년들은 알바 이야기로 한 시간은 거뜬히 채울 것 같았다. 생기가 넘쳤다. 이 책이 아이들을 수다쟁이로 만들었다. 18년 정도를 살아온 아이들은 나의 짐작보다 노동의 경험이 많았다. 아이들이 경험한 노동의 세상은 훈풍 불어오는 봄날이었을까. 땀 흘린 노동의 대가가 공정한 세상이었을까. 일하는 손을 대접하는 세상이었을까.

일이란 돈과 시간이다.
일이란 노동이다.
일이란 동전의 양면이다.

아이들이 만든 한 줄 명언이다. 십대 후반이라는 싱그러운 나이를 생각하면, 일은 꿈을 이루고 자아를 실현하고 성취감을… 뭐 이런 말들이 나올 법하지 않나. 내 앞의 소년에게 일은 그저 힘든 노동일 뿐이다. 시간을 들여 몸을 쓰면 돈을 받는 것이다. 일은 밥을 벌기 위한 수단이다. 제법 살아본 자, 더 이상 젊지 않은 자의 목소리 같다.

아, 삶의 신산함을 이미 알아버린 소년이여.

잠시나마
행복했습니다

　『까대기』를 함께 읽을 때는 학생이 다섯 명이었는데 이종
철 작가님과의 만남에는 세 명이 참석했다. 동수는 글을 베껴
쓰고 108배를 하는 4주 코스의 집중방에 갔다. 도운이는 미용
사 자격증 시험이 당장 내일이어서, 실습을 하느라 오지 못했
다. 철민, 민우, 근철, 이렇게 세 명이 함께하게 되었다. 참, 네
명이다. 나를 포함해서.

　철민이가 사회를 봤다. 써준 순서대로 멋없이 읽기는 했지
만, 발표 순서를 나름대로 융통성 있게 정한 점은 괜찮았다.
작가와의 만남이라기보다는 '작가님과 함께하는 독서모임'에
가까운 모습이다. 나는 작은 바구니에 간식을 담아 작가님께
드리고, 아이들 간식은 바구니 없이 몇 개씩 건네주었다. 그랬
더니 요 녀석들이 "작가님 오니까, 샘이 다르네 달라. 바구니
도 가지고 오시고." 하며 나를 놀린다. 원래 손님은 더 환대해
드려야 하잖아. 말은 이렇게 했지만 조금 미안해졌다. 솔직히
평소 바구니까지 싸가지고 수업에 오기는 귀찮았다. 아이들
이 바구니를 이렇게 좋아할 줄이야. 다음부터는 아이들 간식
도 바구니에 담아서 줘야겠네. 바구니가 뭐라고?!

　이종철 작가는 포항에서 살아온 이야기, 까대기를 하면서
만화 그린 이야기를 해주었다. 택배 일을 함께하는 아저씨들
은 "택배가 만화가 되겠어?" 하며 걱정했다고 한다. 너도나도

작가님을 찾아와서 자신이 살아온 우여곡절을 들려주었다고
한다. 만화가 성공하기를 바라는 마음, 택배가 만화가 되기를
바라는 마음으로 말이다.

　아이들은 작가님에게 동료 의식(?)을 느낀 듯하다. 비슷한
일을 해본 사람이라는 것이겠지. 작가의 이야기가 끝나고 궁
금한 것을 물었다. 철민이는 자신이 12월 말에 집에 가는데 아
르바이트를 하나 추천해달란다. 작가님은 졸지에 '알바 추천
전문가'가 되었다. 민우는 자신이 까대기 할 때 화장실 갈 시
간도 주지 않는 것에 화가 났다고 하면서 "작가님은 까대기
하면서 언제 가장 '빡치셨나요?'"라고 묻는다. 근철이는 작가
에게 까대기 하면서 맞아본 적 없느냐고 묻는다. 자기는 까대
기 할 때, 나이 많은 사람이 빨리 하라고 하면서 뒤통수를 자
꾸 때렸다고 한다. 얘들아, 이 말들이 작가님에게 드리는 질문
으로 적절하니? 민망하고 어이없어서 웃음이 나왔다. 아이들
은 자기들을 이해해주는 사람을 만나 기분이 좋아서 그랬다.
이야기가 통하는 친구 같은 작가님을 만나 마음이 들떠서 그
랬다. 작가님도 이해해주시리라. 예의 바른 독자도 좋지만 솔
직한 독자도 매력 있으니까.

　아이들은 작가님을 만난 소감을 크리스마스 카드에 작성
해서 돌아가면서 발표했다.

　　　이종철 형님.

　　　먼저, 오늘 귀한 시간 내주셔서 감사합니다. 여기 있으면서
　　　『까대기』라는 만화책을 보면서 잠시나마 행복했습니다. 이제

독서가 취미가 될 것 같아요. 또 재미있는 만화책 만들어주세요. 기대하겠습니다.

민우가 한 글자 한 글자 정성 들여 쓴 소감이다. 민우는 17년의 기억 속에 단 한 권의 책 제목도, 자신에게 책을 읽어준 사람이 단 한 명도 없던 소년이다. 이제는 독서가 취미가 될 것 같다고 한다. 잠시나마 행복했다고 한다. 이 말은 민우의 진심이다. 직관으로 알 수 있다. 작가님도 나중에 말씀하셨다. 바로 옆에 앉아서 자신을 줄곧 뚫어지게 쳐다보던 민우의 눈빛을 잊을 수 없을 것 같다고…. 가식 없는 순진한 눈빛이었다고, 자신의 책을 진짜 마음으로 읽은 눈빛이었다고 말이다.

근철이는 올해 소년원을 찾아온 일곱 분의 작가님을 모두 만난 학생이다.

"이종철 형님이 정말 최고예요. 하는 얘기마다 엄청 공감가고 감동적이고 우리를 이해해주는 것 같고, 정말 최고입니다."라고 말해서 내가 물었다.

"근철아, 너 지난 달만 해도 박찬일 주방장님이 최고라고 하지 않았니? 그새 마음 바뀐 거야?"

"아니죠. 박찬일 주방장님과 종철이 형님이랑 공동 1위입니다. 두 분 다, 정말 못 잊어요."

작가와의 만남이 끝나고, 소년원 운동장을 가로질러 걸어 나오면서 작가님에게 물었다.

"고등학교 학생들도 만나신 적 있나요? 우리 아이들은 자신이 실제로 해본 까대기, 공사장 일, 전단지 돌리기 등의 경험을 바탕으로 공감하잖아요. 궁금해요. 학교 아이들도 일 끝나고 마시는 믹스커피 한 잔, 한겨울을 버티는 택배 노동자들의 고생에 마음이 시큰한지."

"아, 학교에 가서 학생들도 만나보았어요. 그러고 보니 다르네요. 소년원 아이들은 자신도 몸을 써서 해본 일에 대해 공감한다면, 고등학교 학생들은 제 만화를 '택배라는 직업'에 대한 이해로 받아들이더라고요. 만화가라는 직업에 대한 이해로 받아들이기도 하고요. 이해와 공감의 차이네요."

"아이들에게 이 책을 줄 때는 아이들이 이 책을 좋아할지 확신이 없었어요. 아이들이 이렇게 좋아할 줄 몰랐어요. 또 15세 정도의 어린 나이에 '노동의 세계'를 경험했으리라는 생각을 미처 못 했어요. 나쁜 짓만 한 아이들이려니 했는데 나쁜 짓만큼 일도 많이 한 아이들이네요."

"저도 까대기 하면서 15세밖에 안 된 아이들은 못 만나봤어요. 그렇게 어린 아이들은 고용할 수 없게 되어 있는데, 놀랐어요. 어린 나이에 '일의 고단함'을 알게 된 아이들이라서. 제 만화가 이런 아이들을 찾아가게 되었다니, 생각지 못했던 일이에요. 오늘을 잊지 못할 것 같습니다."

　작가와의 만남이 끝나고 허보영 선생님과 통화를 했다.

　"선생님, 자신이 겪은 삶의 어느 장면과 통하는 이야기가 이렇게 힘이 있네요. 새로운 발견. 새로운 배움."

　"그러게요. 일하는 사람들이 더 많이 책을 내는 사회가 되었으면 좋겠어요."

　"일 년 동안의 작가와의 만남을 생각하니, 아이들이 유난히 좋아했던 책의 공통점이 있어요. 박찬일 주방장님의 『지중해 태양의 요리사』도, 이종철 작가님의 『까대기』도, 다 일하는 이야기였어. 『회색 인간』을 쓴 김동식 작가님이 들려준 이야기도 일하는 이야기였고."

　"맞아요. 사람들이 좋아하는 것들이잖아요. 음식, 택배."

　맞다. 음식도 택배도 일상의 지척에 있다. 더구나 우리가 좋아하는 것이다. 좋아하는 것의 뒤편으로 슬쩍 돌아가보았다. 거기에는 일하는 이의 땀이 뚝뚝 떨어져 내리고 있다. 일하다가 오토바이 사고로 부서지는 몸이 있고, 산처럼 쌓인 택배상자가 무너지는 바람에 얼굴이 찢어져 피를 흘리는 사람이 있다. 무거운 택배 박스를 옮기다가 허리가 나가서 쓰러진 사람, 그러고도 돈 때문에 다음 날 허리를 붙잡고 또 출근해서 택배로 부쳐진 쌀가마니를 옮기는 사람이 있다.

　생각할수록 다 이어져 있다. 깜깜한 작업장에서 혼자 몸을 구부려 발전소 컨베이어 벨트 밑에 쌓인 낙탄을 긁어내다 숨진 김용균. 지하철역 스크린도어를 혼자 수리하다가 전동열

차에 치여 사망한 김군. 장시간 노동과 사내 폭력으로 스스로 목숨을 끊은 현장 실습생 김동준. "비 오는 날이면, 작은 상자는 품 안에, 큰 상자는 비닐로 싸서 옮기지만, 정작 자신의 몸은 내리는 비를 그대로 맞는 택배 배달하는 이"*. 아무 이름 없이 오토바이를 타고 도시를 질주하며 누군가가 기다리는 '무엇'을 전달하는 이. 세상을 움직이는, 일하는 손이다. 그리고 1970년, "근로기준법을 준수하라."고 외치며 자신의 몸을 불사른 전태일. 마디와 마디로 분절되어 있지 않다. 하나의 끈으로 이어져 있다. 이들이 땀 흘린 만큼 충분한 대가를 받고 있는지. 일의 위험으로부터 온전한 보호를 받고 있는지. 기계가 아닌 인간의 삶을 살고 있는지. "몸도 마음도 파손"** 직전의 지경에 처한 것은 아닌지. 혹 "몇 번 쓰고 버릴 거니까. 그냥 쓰라고?!"***라는 목소리가 세상에 쩌렁쩌렁한 건 아닌지. 미심쩍다. 수상스럽다.

> 까대기를 할 때 안 다치려면 서로 지켜줘야 한다. 산더미 같은 택배상자가 무너지려 할 때, 옆에서 조심해,라고 말해주고, 쏟아져 내리려는 상자를 잡아주는 사람이 있어야 한다. 그렇게 함께할 때에, 우리는 저마다의 벽을 깐다. 벽을 깐다. 함께 벽을 깐다.****

* 이종철, 『까대기』에서.
** 같은 책.
*** 같은 책.
**** 같은 책.

철민이,
퇴장합니다

철민이가 곧 수업 일기에서 퇴장한다. 네 밤만 자고 나면 집으로 돌아간다. 철민이는 얼마나 좋을까. 입을 열 때마다 온갖 불량소년 같은 계획이 넘쳐난다. 집에 가다가 고속도로 휴게소에서 알감자를 사먹고 담배를 한 대 피울 거란다. 보호관찰 처분이 시작되려면 일주일의 여유 시간이 있단다. 이때를 이용해서 친구들과 부산에 여행을 가겠다고 한다. 가서 바닷바람 쐬고, 소주에 회도 먹고 놀 거란다. 함께 가는 여행 멤버는 남녀 비율이 3대 3이란다. 철민아, 고등학교 입시 문의부터 해야 할 것 같은데. 놀러 가더라도 조심조심 놀아라. 나가자마자 여기 또 오면 어쩌려고!

퇴원이 얼마 안 남으면 아이들은 살짝 변한다. 누구도 비껴갈 수 없는 예외 없는 변화는 무척 들뜬다는 것이다. 5개월 이상 갇힌 생활을 하다가 자유로운 세상으로 나갈 날이 다가오니 들뜨지 않는 것이 더 이상한 일이겠지. 평소에 내가 감지하지 못했던 얼굴이 나오기도 한다. 소년원에 어울리지 않을 만큼(?) 예의 바른 아이라고 생각했는데, 퇴원 직전에는 표정과 태도에서 반항심이 느껴지는 아이도 있다. 철민이도 조금 낯선 모습이 드러난다. 평소보다 말이 거칠어졌다. 어휘의 필터를 어디다가 내다버리고 온 느낌이다. 욕이나 속어가 모든 말에 양념처럼 배어 있다. 게다가 많이 건들거린다. 철민아, 말을 조금 가려서 하자. 너 집에 간 뒤에도 여기에 한참 있을 친구도 좀 생각해서 말하면 어떨까? 너 지금 기분 좋은 거, 우리가 이미 다 알고 있거든. 이런 말이 저절로 나온다.

    철민이는 열다섯 편의 시를 연이어 외우고 집에 가게 되었다. 열다섯 편을 매끄럽게 연이어서 암송하는 모습이 대견해서 민우와 나는 박수를 세게 쳐주었다. 박수를 받은 철민이가 말한다. "그래, 민우 너는 내년에도 시 많이 외워라. 너는 시 100개는 외워야 집에 가겠네."
    철민이가 이렇게 놀리는 이유는, 민우는 10호여서 일 년은 더 있어야 집에 갈 수 있기 때문이다. 아이구, 이 녀석. 박수를 무르고 싶어진다. 민우는 괜찮다고 한다. "다 이해해요. 얼마나 기쁘면 그러겠어요." 그래도 약간 얄밉기는 하다. 하지만 밉지는 않다.
    철민이가 마지막으로 배운 한자성어는 교학상장教學相長이다. 가르치고 배우면서 서로 성장하는 것을 의미한다고 설명해주었더니, 철민이가 묻는다.
    "샘도 저희 때문에 배우거나 성장한 거 있으세요?"
    "그럼. 너희 때문에 깨달은 것도, 반성하고 배운 것도 많지."
    "하긴. 제가 몇 개 가르쳐드렸죠."
    "뭘 가르쳐줬더라?"
    "일단 '개아리 빨다'라는 말을 가르쳐드렸죠."
    "아하!"
    "문신을 하려면 등 중앙에 호랑이 문신을 크게 하시라는 것(수영장에 가면 사람들이 길을 내준다나 뭐라나), 그리고 욕하실 때 목소리를 깔고 크지 않은 소리로 말하면, 상대방이 겁먹을 거라는 거?"

"푸하하. 진짜 많이 배웠는걸."

"오늘 마지막으로 '깔미 태우다'라는 말을 알려드릴게요."

"깔미 태우다는 뭐야?"

"우리는 샘 말을 아주 잘 들었지만 아마 새로운 국어샘이 오면 애들이 깔미 태울지도 몰라요. 이럴 때 쓰는 말이에요."

"그게 무슨 뜻인데?"

"그 샘을 좋아하지 않아서 말을 안 듣고 반항한다는 거죠."

"철민이가 마지막으로 좋은(?) 걸 가르쳐주는구나. 근데 너, 고등학교에 가서 그런 짓 하면 안 되는 거 알지? 아무튼 조심해서 살아라. 감정 내키는 대로 살지 말고."

철민이는 대답은 안 하고 노래를 흥얼거린다.

"철민아, 샘이 말하면 대답을 잘해야지. 쬐만한 놈이!"

"예!"라고 대답하고는 싱글싱글 웃는다. 이별이 다가온다. 되새기고 당부하고 있는 중이다, 우리는….

지난봄부터 나는 국어반에서 만났던 학생들과 제각각 다른 시기에 다른 방법으로 작별을 했다. 어떤 아이는 서운한 마음이 찐득하게 전해져오기도 했고, 어떤 아이는 자유로운 세상으로 나가는 것이 좋아서, 새처럼 가뿐하게 뛰어가다가 저편으로 총총 사라지기도 했다. 종이 가득 작은 글씨를 꽉 채운 편지를 주고 가기도 했다. 나는 수업 끝나고 복도에서 철민이와 악수라도 한번 하면서 잘 살라는 말을 해주고 싶었다. 아이들이 먼저 교실에서 나가고, 내가 맨 나중에 나왔다. 나오니 철민이는 벌써 사라졌다. 나만 서운했다. 내가 느낀 서운함이 싫지는 않다. 여기에서 할 수 있는 내 역할의 최대치와 한계를 이미 여러 번에 걸쳐서 학습한 까닭이다. 대신 마음의 악수를 한다.

철민아, 지난여름에 너를 만났을 때 네가 처음으로 외운 시가 '풀꽃'이었잖아. 자세히 보아야 예쁘다. 오래 보아야 사랑스럽다. 너도 그렇다. 심드렁하게 읽더니 네가 그랬어. 저는 한 번만 봐도 예쁜 사람이라고. 그래, 처음 만났을 때부터 너는 귀엽고 예뻤어. 세상에 나가서 네가 만나게 될 모든 사람들도 너를 그런 존재로 여겼으면 좋겠다. 한 번만 봐도 예쁜 존재. 그래서 또 만나고 싶고 오래오래 알고 지내고 싶은 사람. 혼자 걷지 말고, 서로를 어여삐 여기는 사람들과 많이 웃고, 자주 손 잡아주며 살기를 기도할게. 함께 공부한 세 계절, 여름과 가을 그리고 겨울, 철민이와 함께여서 많이 웃었다. 문신하게 되면 꼭 등 중앙에 호랑이 그림으로 할게. 욕할 일이 있으면 목소리는 반드시 낮게 깔게. 안녕.

함박눈처럼
소복소복 쌓이고 있다

해가 바뀌었다. 새해 첫 국어수업. 학생은 민우뿐이다. 민우와 나는 사흘 전에 집에 간 철민이에 대한 이야기를 나눴다.

"철민이가 계획대로 지금 부산에 있을까?"

"아마 그러지 않을까요? 회도 먹고 소주도 먹고, 아주 신나 있겠죠."

"민우야, 철민이랑 작별인사는 했어?"

"아뇨, 사실 저 철민이랑 사이가 안 좋았어요."

"정말? 왜? 무슨 일 있었니?"

"운동시간에 다툰 적이 있어요. 그 이후로는, 교실에서 만날 때만 얘기한 거예요. 밖에서는 서로 쳐다보지도 않고 한 마디도 안 했어요."

"아이쿠, 그랬구나. 나는 전혀 몰랐어. 그래도 둘 다 점잖다. 수업시간에는 티도 안 내고."

"근데 철민이가 집에 가기 하루 전, 복도에서 만났는데 말을 걸더라고요."

"아, 철민이가 화해하고 싶었나 보네."

"철민이가 이러던데요. 나 이제 집 간다."

웃음이 터졌다. 철민이 녀석, 집에 갈 날이 일 년 남은 민우에게 자기는 곧 나간다고 그렇게 자랑질을 해대더니, 끝까지 염장을 지르고 나갔구나. 여기는 집에 가는 것이 가장 큰 자랑이 되는 곳, 집에 가는 사람을 가장 부러워하는 곳이니까.

오늘의 수업 교재는 정세랑 작가의『청기와주유소 씨름 기담』이다. 민우는 책을 받더니 책의 여기저기를 뒤적이고 살핀다.

표지를 보더니, 씨름 이야기가 나오나? 책날개 작가 소개를 보더니, 작가님이 여자인가, 책을 많이 썼네. 상도 많이 탔네. 책 속 삽화를 보고는, 원래 만화였나? 책 뒤의 작가 사진을 보고는, 상여자 같네. 상여자가 뭐야? 뭐랄까. 강단 있고 센 여자,[*] 그런 여자요.

민우는 책과 첫인사를 한 거다. 민우가 책과 첫인사를 나눈 것은 배워본 적도 없는 것일 테고, 어떤 의도와 목적을 가지고 한 행위도 아니다. 자연스럽게 발현된 인사였다. 십대 후반에 비로소 '책'과 만나게 된 소년이 책과 나누는 첫인사. 이 첫인사가 귀하게 여겨졌다. 그러고는 곧 씁쓸해졌다. 이렇게 멀쩡한 소년이 감옥에 와서야 책과 조우하게 되었다니…. 그럴 수밖에 없었던 아이의 삶도, 아이를 돌보는 손길에 구멍 듬성듬성한 우리 사회도 안타까웠다.

자, 읽어볼까. 먼저 책의 앞표지랑 뒤표지를 펴서 꾹 눌러 줘. 책을 길들이는 거야. 그래야 책이 잘 펴지지. 내 말에 민우는 "안 돼요. 그러면 책이 망가져요. 새 책인데 아깝잖아요." 한다. 잠시 내 마음은 멈칫한다. 책을 함부로 여기지 않는 마음, 새 책이라고 귀하게 여기는 마음은 어디쯤, 어느 범주에 해당하는 마음일까. 이런 마음은 어떤 마음들과 무리 지을 수

---

[*] 나중에 찾아보니, 민우가 생각한 상여자의 의미는 다분히 주관적인 것이었다.

있을까. 어두운 마음, 남을 해치는 마음과 조화로울까.

오늘도 책을 읽어줄 요량이었다. 민우는 책읽기에 자신 없어하니까. 내가 먼저 읽을까? 했더니, 민우가 "제가 먼저 읽을래요. 저 읽는 연습 해야 해요. 너무 더듬거려서요." 한다. 민우에게 이런 의욕이 다 생겼다. 머릿속에 어떤 책 제목, 어떤 독서 경험도 없던 민우는 차곡차곡 쌓고 있다. 재미있는 책 제목, 함께 읽는 시간의 즐거움, 더 잘 읽고 싶은 욕심.

『청기와주유소 씨름 기담』은 도깨비와 내기 씨름을 하는 이야기다. 주인공이 나이 열 살에 몸무게가 60kg에 이르렀다는 말에 우리는 동시에 "헐!" 하고 놀랐다. 도깨비가 몸에 소라, 다슬기, 고동을 잔뜩 붙인 채 악취를 내뿜으며 나타났을 때, 우리는 서로 쳐다보며 악취를 함께 맡기라도 한 듯 인상을 썼다. 주인공이 도깨비와 밤새 씨름을 한 후, "제가 이겼어요!"라고 말할 때 함께 안도의 숨을 쉬었다.

독서수업은, 아니 독서모임은 둘이어도 충분하다. 민우는 시키지 않았는데 뒤표지 날개에 소개된 책 제목들을 보고 있다. 총 열다섯 권 중에 자기는 벌써 네 권을 읽어보았다고 뿌듯해한다. 다음 주에는 공선옥의 『라면은 멋있다』를 읽어보고 싶단다. 민우는 읽은 책 제목, 함께 읽는 시간의 즐거움만 쌓고 있었던 것이 아니다. 읽고 싶은 세상의 책 제목도 차곡차곡, 함박눈처럼 소복소복, 쌓이고 있다.

쓸모를 짐작할 수 없어서
아름다운 거야

    소년원에도 방학이 있다. 1월 둘째 주가 방학이었고, 셋째 주는 내가 출장이어서, 그동안 수업을 못 했다. 2주 만에 소년들을 만났다. 새로운 소식들이 나를 기다리고 있었다. 동수는 집중방에서 돌아왔고 새로운 소년이 두 명 들어왔다.

    동수는 징벌방에 3주 갇혀 있다가 나오자마자 연이어 집중방에 가서 4주를 지냈다. 두 종류의 방을 모두 경험했다.

    "동수야, 그래도 집중방이 더 나을 것 같아. 방 밖에 나와서 친구들과 식사를 할 때도 있으니까. 집중방이 덜 답답하지?"

    "그런데 지내다 보면 징벌방이 더 나아요."

    "왜?"

    "할 일이 별로 없는 건 비슷한데 징벌방에 있을 때는 제가 누워 있든 앉아 있든 상관하지 않거든요. 근데 집중방에 있을 때는 낮에 못 눕게 해요. 좁은 방에서 앉아 있거나 서 있기만 하는 게 이상하게 어려워요. 그리고 억지로 뭘 계속 써야 하니까 지겨워요."

    "걸어 다니면서 활동을 하는 것이 아니고, 좁은 방에 가만히 있어야 하니까 앉아 있는 게 힘들겠지. 그래도 가끔 바깥바람 맞는 자유가 있잖아. 자유가 더 좋지 않아?"

    "방 밖에 나가도 역시 소년원이잖아요. 감옥방을 나가야 또 감옥인데요 뭐."

일반인의 상식으로는 방에 갇혀 있기만 한 것보다는 가끔 방 밖에 나가는 '자유'가 있는 것이 더 나을 것 같은데, 동수는 방 밖에 나가봐야 거기도 감옥인 건 마찬가지라서 안 나가도 아쉽지 않다는 것이다. 내가 경험하지 않은 영역의 일이어서, 머릿속의 가늠이라는 것이 주관의 영역이어서, 우리의 대화는 딱 거기까지였다.

당신 생각을 켜 놓은 채 / 잠이 들었습니다[*]

오늘 동수가 외운 일곱 번째 시다. 동수가 이 짧은 시를 낭독했고, 나는 동수에게 물어보았다.

"무슨 의미야?"

"자면서도 그립다는 거죠."

"동수도 그런 사람 있어?"

"매일 그립지는 않지만, 가끔 할아버지 보고 싶어요."

"그러면 할아버지 생각을 켜놓은 채 잠이 든 거야?"

"말하자면… 그렇죠, 뭐."

동수가 싱긋 웃는다. 동수는 오늘 이 시를 포함해서 여태까지 배운 시 일곱 편을 이어서 암송해야 한다. 문제는 징벌방과 집중방, 7주의 긴 여행을 마치고 왔으니, 두 달 전에 배운 시들을 기억할 리가 없다는 것이다. 뜻밖에 동수는 한 방에, 한 음절도 안 틀리고 정확하고 자신 있게 일곱 편의 시를 이어서

---

[*] 함민복, 「가을」 전문.

암송했다. 동수는 의기양양했다.

"와아! 어떻게 하나도 안 잊어버렸어? 동수, 너 정말 대단하다!"

"집중방에 갈 때, 샘이 주신 시 엽서들을 가지고 들어갔어요. 심심하니까, 거기에 있는 시들을 계속 읽어봤어요."

'시 엽서 세트'는 수업시간에 외우는 서른 편의 시를, 인쇄업체에 의뢰해서 서른 장의 엽서로 만든 것이다. 앞면에는 예쁜 그림과 시가 쓰여 있고, 뒷면은 엽서처럼 사용할 수 있어서, 아이들에게 두 세트씩 줬었다. 하나는 손편지 쓸 때 사용하고, 또 하나는 방에서 심심할 때 시 하나씩 읽거나 방 친구들에게 나눠주라는 용도였다.

"아, 내가 시 엽서 만들길 정말 잘했네. 동수를 위해 만든 거였네."

"매일 일기 써서 검사받아야 하는데 분량 채워야 하거든요. 시를 쓰는 것도 허용돼요. 그래서 집중방에서 매일 쓰는 일기에 시 한 편씩 베껴 썼어요."

쓸모를 짐작할 수 없는 일이 있다. 그것을 만드는 사람도, 누군가에게 그것을 주는 사람도, 사용하는 사람도 예측할 수 없는, 그런 쓸모라는 것이 세상 어딘가에서 생기기도 한다. 존재하기도 한다.

아무도 짐작하지 못한 것, 미리 결론지을 수 없는 것이 일정한 기온과 바람을 지닌 땅에 맞닿았다. 그리고 쓸모가 만들어졌다. 소년이 저녁마다 쓰는 일기에, 소년의 마음에, 고운 시들이 한 편씩 내려앉았다. 소년은 알았을까. 이 우주에서 누구도 의도하지 않고 예측하지 못한 아름다운 쓸모가 만들어지는 시간이 자신에게 왔음을….

　　라면은 멋있다?
　　라면은 다르다!

　　공선옥 작가의 『라면은 멋있다』. 삽화가 많은 데다가 순정만화처럼 예쁘다. 책을 뒤적여본 아이가 물을 정도다. 선생님, 이거 만화책이에요?

　　학생 수가 갑자기 네 명으로 늘어나는 바람에 책 준비가 원활하지 않았다. 간신히 아이들 인원수만큼만 딱 네 권 준비했다. 내 몫의 책이 없는 상황이지만 그나마 다행이다. 아이들 수만큼은 준비가 되었으니 말이다. 여느 때에는 아이들과 내가 공평하게 돌아가면서 책을 읽었는데, 오늘은 나를 제외하고 아이들끼리 돌아가면서 소리 내어 읽었다. 나만의 기분일까. 나의 낭독이 빠지니 '포인트'가 없는 것 같다. 내가 낭랑한(?) 목소리로 실감나게 읽어줘야 '읽기'의 활력이 감도는데…. 싱겁고 아쉬웠다. 나도 아이들 못지않게 낭독을 즐기고 있었던 거다.

　　덕분에 책을 읽느라 고개를 숙인 소년들의 뒤통수와 정수리를 가만히 바라보았다. 다들 오늘 아침에 머리를 감았는지 머리카락이 보송보송하다. 정수리 근처의 부스스한 머리칼을 보니 덜 자란 새의 깃털을 보는 듯했다. 엉성하면서도 귀엽다.

이 소설 읽기는 성공한 편은 아니다. 그저 그랬다. 소년들은 이 소설을 그다지 흥미로워하지 않았다. 별 다섯 개를 만점으로 평점을 주라고 했더니, 평균 별 두 개 반을 주었다. 소년과 소녀가 서로 마음을 나누는 풋풋한 모습. 아버지의 고생에 가슴 아파하고, 여자친구의 배려에 감동하는 순수한 마음. 이런 것들이 소년들에게는 덜 매력적이었다고 한다.

"어른이 쓴 아이들 이야기 같아요."

"소년과 소녀가 지나치게 모범생 같아요."

아이들이 남긴 소설 평이다.

우리는 '라면' 하면 떠오르는 것을 쓰고, 이야기를 나눴다. 어른이든 아이든 각자의 삶에 쌓인 라면 그릇의 총합은 어마어마하겠지. 아이들의 마음에 남아 있는 라면은 어떤 것일까.

동수는 얼마 전 집중방에 있을 때, 담당 선생님이 준 컵라면의 맛을 잊을 수 없다고 한다. 태어나서 먹었던 라면 중에 최고였단다. 갇혀 있어 마음도 답답한 데다가 간식도 없어 수시로 출출했을 테니, 라면은 '꿀면'이었겠지.

민우는 이렇게 썼다. "살찌던 시절이 생각난다. 라면 때문에 살이 너무 많이 쪘다. 몸무게를 30kg이나 늘게 한 라면. 지금도 그 살이 안 빠졌다." 아니, 이건 또 무슨 얘기람.

"민우야, 라면을 도대체 얼마나 먹었길래 몸무게가 30kg이나 늘었어?"

"6개월 동안 하루 세 끼, 라면만 먹었어요."

"어머나! 왜 그랬는데?"

"중학교 2학년 때, 강제전학 간 후 새로운 학교에 가기 싫어서 6개월 동안 외출도 안 하고 집에만 있었어요."

"정말? 왜 그랬어?"

"그냥 모든 게 귀찮고, 아무것도 하기 싫고, 아무 데도 나가기 싫었어요. 아침에 일어나서 라면 두 개 끓여 먹고 점심에도 저녁에도 라면 두 개씩 먹었더니, 6개월 지나니까 몸무게가 30kg이나 늘어서 맞는 옷이 없었어요."

"친구도 안 만났어?"

"안 만났어요. 가끔 만나고 싶다고 연락하는 친구는 집에 오라고 해서, 제가 라면을 끓여줬어요."

라면과 함께한 여섯 달 동안의 은신 생활이라니…. 다른 세상 이야기 같았다. 내가 만나온 민우는 수줍음 많고 내성적인 아이다. 성격은 대차지 못하다. 우람한 덩치에 비해 실상은 순해서 소년원에서 다른 아이들에게 뭘 빼앗기고 수시로 당하느라 바쁘다. 무슨 일로 강제전학을 갔는지 알 수 없지만, 새로운 학교에 갔을 때 '강전'(강제전학을 줄여서 부르는 말)이라는 꼬리표를, 자신의 몸보다 먼저 도착한 소문을, 그것에서 비롯된 자신을 바라보는 곱지 않은 시선을, 민우는 견디기 힘들었다고 한다. 그러니 반년 동안 세상으로부터 도망쳐서 집 안에 꽁꽁 숨어 있었겠지. 민우라는 아이의 기질을 몰랐더라면 6개월간의 은신을 게으른 성질 탓으로 여겼을지도 모른다. 세상에는 이렇게 대책 없이 무기력한 사람들이 존재하는구나 하는 생각을 스치듯이 했을지도 모른다. 민우라는 아이가 어떤 성품과 기질을 지녔는지 조금 알고 나니, 그런 정황이 짐작되었다.

　모든 것이 귀찮고 아무것도 하기 싫고 아무 곳에도 가기 싫었다고 하는 것을 보니, 그 마음이 평범하지 않았던 것 같다. 내버려두면 안 되는 상황이었으리라. 물론 민우는 뭘 잘못했을 것이다. 다른 아이에게 해를 끼친 가해자였을 것이다. 그래서 강제전학을 간 것일 테고 말이다. 잘못을 저질렀다 하더라도 꼬리표를 달고 전학 간 중학생이 새로운 학교에서 제대로 적응하는지 보살펴주었으면 좋았을 텐데…. 집에서 나가지도 않고, 반년 동안 라면만 먹는 생활을 지속하는 것이 가능했다니. 놀라웠다.

　그 누구도 이 아이를 햇살 환한 바깥세상으로 손잡고 나오지 않았다. 대책 없이 몸무게가 30㎏이 늘도록 반년 동안 집에만 있는 것이, 가정에서 또 학교에서 그리고 사회에서 용인된 셈이다. 다른 아이에게 해를 끼칠 가능성이 있는 아이는 학교에 나와 위험 요소가 되는 것보다 집에 숨어 있는 것이, 그렇게 서서히 투명인간이 되는 것이 나은가. 세상 사람들에게 안전을 보장하는 일인가. 나는 이런 생각이 조금도 없다고 자신할 수 있을까. 그때 민우가 병원에 갔더라면, 가서 상담도 받고 필요하면 치료도 받았더라면, 민우의 지금은 무엇이 달라져 있을까.

　라면은 멋있다? 아니. 라면은 다르다. 세상의 누군가는 뜨거운 라면을 먹으며, 라면보다 뜨거운 입김을, 숨결을, 마음을 나누고 있다. 또 누군가는 세상으로부터 도망쳐 숨어서 라면을 먹고 있다. 바깥세상 사람들은 그의 존재를 잊게 될지도 모른다. 아마 그럴 것이다. 그가 없어도 세상의 수레바퀴는 잘 굴러가니까. 숨어서 라면을 먹으면 먹을수록 그의 몸은 점점 투명해지고 있을지도 모른다. 지우개로 지우듯 서서히 존재가 지워지고 있을지도 모르겠다. 아, 무엇을, 어떻게 해야 할까….

기나긴
당분간

소년원도 코로나19로부터 자유로울 수 없었다. 2020년 2월 어느 날 수업을 가려고 하니, 소년원에서 법무부 방침을 전해왔다. 당분간 외부 강사의 출입을 허용하지 않는다는 내용이었다. 소년원생들은 기숙사에서 공동생활을 하다 보니 집단감염의 위험에 쉽게 노출될 수밖에 없다. 수긍이 가는 방침이었다. '당분간'이 곧 끝나려니 했는데, 당분간은 2월이 지나도록 이어졌고, 나의 파견교사 임기가 끝났다. 아이들과 작별인사를 하지 못했다.

이런저런 들꽃들이 피어나는 봄에 도운이가 전화 연락을 해왔다. 소년원에서 나왔고, 집에서 고졸 검정고시 준비를 하고 있다고 한다. "선생님, 식사 잘하시고, 건강하게 잘 사세요!" 도운이가 내 걱정을 다 해준다. 도운이 너도 세상에서 밝게 웃으며 살렴. 길섶마다 숨겨진 즐거운 일 많이 찾으며 살기를!

유성이는 집에 갔고, 소년원에서 중학교 학력 인정을 받은 덕에 바로 이어서 고등학교에 진학했다. 입학 준비가 잘 되어 가고 있다고 몇 번 문자메시지를 보내더니, 한번은 기프티콘을 보내왔다. 카페에서 커피 두 잔과 케이크를 사먹을 수 있는 쿠폰이었다. "고등학교에 진학하게 해주셔서 정말 감사해요, 쌤. 저 열심히 살게요."라는 메시지도 함께 왔다. 고마웠다. 좋아하는 사람과 함께 먹으라고, 한 잔이 아니라 두 잔 쿠폰을 보내준 유성이의 마음이 따뜻하다.

강준이, 철민이, 현식이는 소식이 없다. "여기(소년원)에서 살았다는 흔적" 없이, 씩씩하게 자신의 삶을 걸어가고 있을 것이다. 불어오는 바람에 그 시절 우리들의 웃음소리가 들려오는 듯하다.

　나쁜 행동과 인간의 영혼에는 어떤 관련이 있는 것일까. 소년원 아이들을 만난 일 년 내내 수시로 나를 찌르는 질문이었다. 답을 찾을 수 없는 고민이기도 했다. 아이들이 영혼조차 병들었다고 느꼈어도, 나는 이런 고민을 했을까. 고민할 필요도 없었을 것이다. 범죄와 영혼 사이의 관련이 명징하게 보였을 테니까 말이다. 하지만 내가 만난 아이들은 평범한 소년들이었다. 그런 아이가 더 많았다. 상대방의 마음을 받을 줄 알고, 그것을 고마워하는 아이. 슬픈 영화를 보고 눈물을 흘리는 아이. 동네에서 복날 즈음에 개 잡는 것을 보고 너무 잔인해서 개고기를 절대로 먹지 않는 아이. 다르게 살고 싶지만 어떻게 살아야 할지 모르겠다고 고민하는 아이. 그저 소년이었다.

　우리나라에 열 개의 소년원이 있고, 소년원에 갇힌 청소년이 1000여 명이라고 한다. 우리가 1000명의 청소년에게 바라는 것이 무엇인지 생각해본 적이 있다. 소년원 본연의 목적처럼 우리 사회는 그들이 행동을 교정하고 좋은 삶을 살기를 바라는 것일까. 아니면 그들이 더 이상 '우리'에게 해를 끼치지 않는 정도의 인간으로 살아가기를 바라는 것일까. 한 인간으로서의 존재를 실현하지 않아도 좋으니, 좋은 삶을 살지 못해도 좋으니, 사회의 저 아래에서 우리에게 무해한 투명인간으로 살아가기만을 바라는 것은 혹시 아닐까.

그가 지은 죄는 누군가를 괴롭히고, 누군가에게 고통을 주었을 것이다. 가해자인 소년을 영원히 가둘 수 있다면 그저 가두면 된다. 가두는 것만으로 죗값을 치르게 하면 된다. 하지만 그는 곧 우리의 이웃으로, 사회의 구성원으로, 무엇보다 영혼을 지닌 하나의 존재로, 우리 곁에 서게 될 것이다. 이것이 죗값을 치르는 그 '너머'를 생각해야 하는 까닭이다.

무모할지도 모를 상상을 해본다. 아이들은 신체의 자유를 제한받는 것 자체가 이미 죗값을 치르는 것이다. 소년들은 죗값을 치르면서, 잘못된 행동을 바로잡기 위한 교육을 받는다. 그 교육에 '좋은 삶'을 직접 경험하는 것을 포함시키면 어떨까. 내가 겪은 바로는 소년원의 아이들은 사회적으로 생각하는 '좋은 삶'을 충분히 경험해보지 못한 경우가 많다. 이들이 좋은 삶을 경험하는 것 자체가 긍정적인 자극이 되지 않을까. 좋은 삶을 살고 싶다는 욕망을 만들어주지 않을까. 맛있는 음식에 대해 배우는데 먹어보지 않고 가능한가. 맛 좋은 음식을 먹어보는 경험이 중요한 배움이 될 것이다. 마찬가지로 좋은 삶을 배우려면 좋은 삶을 맛봐야 한다.

아, 사람과 이런 관계를 맺을 때 기쁘구나. 다른 이에게 음식을 대접하면 나도 이렇게 기분 좋아지는구나. 다른 사람에게 기대와 인정을 받을 때 더 잘하고 싶어지는구나. 뮤지컬을 보고, 미술 작품 전시를 보는 것이 즐거운 일이구나. 친구들과 같이 스포츠를 즐기고 나면 기분 좋은 에너지가 생기는구나. 내가 계획을 세우고 그것을 실천할 때 뿌듯하구나. 내가 읽은 책의 작가를 직접 만나서 궁금한 것을 물어보고 대화를 주고받는 것이 즐거운 일이구나. 뭐든 구경만 할 때보다 내가 직접 참여할 때 훨씬 보람 있구나.

나도 좋은 삶을 살고 싶다.

소년이 이런 삶을 원하게 되는 것, 이것이 사회와 사회의 어른들이 소년을 위해서 해야 하는 일이다. 욕망이 가는 길을 바꾸는 것이 최고의 교정·교화가 아닐까. 소년이 좋은 삶이 무엇인지 알게 되고, 좋은 삶을 욕망하게 되었으면 좋겠다.

소년원에도 '사람'이 살고 있다.

　　소년원이란 단어를 떠올렸을 때, 과연 내 머릿속에는 어떤 고정관념이 없었을까? 고정관념을 깨는 경험은 언제나 즐겁다. 서현숙 선생님의 국어수업은 아이들에게도 수업이지만 읽는 이에게도 수업이다. 이 책이 감동적인 이유는 내가 직접 아이들을 만났기 때문만은 아닐 것이다. 오히려 책을 통해 알게 된 아이들의 진짜 모습은, 내가 그날 더 잘하지 못했음을 반성케 했다. 아이들은 놀랍게도 순수하고, 아름답고, 감동적이다. 책 속에서 아이들의 표정이 보이기 시작하면부터 글을 읽는 것 자체가 선물이 되었다. 한 명 한 명이 고맙다. 그 순수함이 고맙고, 예의 바른 게 고맙고, 열심히 하는 게 고맙고, 다르지 않음이 고맙다. 우리가 모르던, 모르려던 아이들을 알게 되어 감사하다. ─김동식(소설가)

　　수업이 어떻게 흘러갔는지 몰랐다. 애써 태연하려 했지만,

'외견상' 이토록 착해빠져 보이는 녀석들이 죄다 범죄 이력이 있다는 명백한 사실을 믿기 어려웠다. 호기심 어린 표정, 내게 보이는 한없이 친밀한 마음과 최선을 다하려는 태도 같은 것들 너머로 도대체 무슨 범죄력이 있다는 것일까. 믿을 수 없는 일이었다. 돌려 말할 필요도 없이, 그들은 공식적으로 학생이지만, 범죄를 저질러서 학교 형태의 수용시설에 갇힌 존재였다. 책에도 언급되지만, 대개의 이곳 아이들은 가정이 무너져서 범죄의 길에 잘못 들어서는 경우가 대다수다. 학생이고 싶었으나 학생이 되기 어려웠던 소년들이 범죄 후에 뜻밖에 학생이 되어 정규 과목 수업을 받는 이 아이러니라니. 나는 소년원 수업의 일부에 외부 강사로 참여했고, 짧았던 그들과의 만남에서 받은 충격에서 아직도 다 벗어나지 못하고 있다.

고백하자면, 강의 중에 나도 모르게 이 소년들에게서 범죄의 흔적을 읽으려 했는지도 모르겠다. 개별 정보는 없었지만, 그들이 거기 있는 것은 범죄 이력 때문이니까. 그러니까 나는 소년원에 간 것이었다. 놀랍게도, 저 맑은 눈을 가진 소년들이 범죄자라고? 인생에서 처음 선입견의 부정적 의미를 완벽하게 배운 날이었다. 그랬다. 한 녀석이 "선생님, 전화번호 주시면 안 돼요?" 요청했고 나는 적어주는 손길이 (두려움에) 떨리지나 않는지 스스로 검열했다. 뒷얘기지만, 그 녀석은 전화하지 않았다. 반은 안도했고, 반은 슬펐다. 안도했으므로 슬펐고, 연락이 오지 않아 다시 슬펐다. 안도는 기쁨이라고 할 수 있는 감정인데, 그것이 오히려 슬펐던 이유를 아직도 잘 모르겠다. 치사한 내 마음을 그 녀석이 알아챘을 것 같아 지금도 얼굴이 붉어진다. 나는 그런 인간이다. 근철아, 미안하다 참말. 하여튼 녀석이 내가 일하는 식당에 왔으면 스파게티를 곱빼기로 해줄 수 있었는데. 녀석이 씩 웃으며 내 식당 문을 들어설 때 포옹을 해줄까, 아니면 어깨를 툭 치고 악수를 해야할까, 고민도 했었던 것도 사실이다.

이 책은 소년원 아이들이 주인공이고, 그들과 같이 울고 웃었던 한 국어 교사의 비망록이다. 기억력이란 건 관심에서 시작된다. 기록할 수도 없는 환경에서 그 많은 순간의 정밀한 복원이 어떻게 가능했는지 감탄할 수밖에 없다. 그것이 관심을 넘은 사랑이라고 단순히 표현할 수 없는 초월적인 무엇이 문장에 서늘하게 배어 있다. 수업이 아니라 교육이 아직은 우리에게 있다는 걸 저자에게서 느끼게 된다. 그 어려운 상황에서 저자는 전전긍긍하면서도 유머를 잃지 않는다. 이 책의 참된 미덕일지도 모르겠다.

강의를 마치고 헤어져 잠긴 문 너머로 터벅터벅 되돌아가는 근철이의 등이 잠시 보였다. 아쿠아리움이라는 별명을 가진 그 소년의 등이었다. 소년원 밖이 환했고, 눈이 부셨다. 나는 잠시 휘청거렸다. -박찬일(셰프)

글은 삶을 갈망하고, 삶은 글로 빛이 난다. 글을 읽고 가르치는 자의 가장 큰 소망은 배우는 이의 삶을 살피며 그 삶이 글을 만나게 하여 글과 삶이 서로 피어나는 것이다. 가르치는 자에게 이보다 더 큰 기쁨은 없을 것이다. 더욱이 그 삶이 글을 만날 수 있을 것이라고 도무지 기대하지 않던 삶이라면 말이다.

여기 도무지 글과는 인연이 없어 보이는 소년원의 소년들이 글을 만나 눈을 반짝이는 마법 같은 이야기가 있다. 이 책을 읽다 보면 이들이 글을 싫어하는 게 아니라 만날 글과 이야기가 없었을 뿐이라는 것을 알게 된다. 아니, 이들의 삶에 눈을 반짝이는 글과 말에 우리가 얼마나 무지하고 무관심했는지 깨닫게 된다. 이들이 할 이야기가 없었던 것이 아니라 우리가 그들에게 할 말이 없었던 것이다. 나아가 세상이 사랑하는 많은 글과 이야기가 사실은 좁디좁은 세계의 한 줌 사람들만 바라보고 있는 것은 아닌지 부끄럽게 돌아보게 된다. 그들이 책을 싫어하는 게 아니라 우리가 책을 우리 세계에 가두었다는 것을 말이다. 이런 점에서 교사 서현숙이 소년원에서 소년들과 책을 읽으며 한 일은 소년들이 책을 좋아하게 된다는 감동적인 이야기만이 아니라 책과 이야기를 구원하는 이야기이다. -엄기호(문화학자)

2019년 겨울, 서현숙 선생님한테 초대를 받았다. 쌀쌀한 날씨, 얼음장 같아 보이는 소년원, 여러 겹으로 막혀 있는 철창은 소년들을 만나러 가는 나를 얼어붙게 했다. 예배당으로 쓰이는 작은 공간의 문을 열자, 세 명의 소년이 있었다. "종철이 형", 그 말에 나는 녹아버렸다.

소년들은 택배 상하차 아르바이트 '까대기'를 하며, 택배 시장에서 살아가는 사람들의 이야기를 담은 나의 만화『까대기』를 좋아했다. 15살 때부터 택배 물류센터에서 야간 알바를 했던 소년에게, 출소하자마자 돈벌이를 찾아야 하는 소년에게, 학교가 아닌 일터에서 노동 전문가로 지냈던 소년에게 내 만화는 익숙한 풍경이었다. 그런 그들에게 나는 '종철이 형'이었다.

국어 교사로 소년들과 함께한 사계절을 책에 담은 작가는 평범한 수업 대신 소년에게 책을 선물한다. 책을 읽고 감상을 말하고 편지를 쓰고 저자를 초대한다. 관계는 정해진 수업 밖에서도 이어진다. 그렇게 작가는 소년에게 '사람'을 선물한다. 작가의 글에는 유난 떨지 않는 따스함이 있다. 가해자로서 소년들이 받아야 할 벌에 대해 분명히 인식하는 것과 동시에 그 너머를 살아갈 그들의 삶에 대해 고민하고 질문한다. 일 년여의 수업이 끝나고 또 일 년여가 지난 지금도 작가는 그 고민과 질문을 놓지 않는다. 그리고 우리에게 당부한다. 소년들을 내버려두지 말 것을. 여전히 내 책장에는 소년들이 써준 편지가 있고 내 추억에는 애정 가득 나를 바라보던 그들의 눈망울이 있다. 그 자리에, 작가의 당부를 새겨두려 한다. -이종철(만화가)

- 고정원, 『책으로 말 걸기』, 학교도서관저널, 2014
- 공선옥, 『라면은 멋있다』, 창비, 2017
- 금정연 외, 『소년이여, 요리하라!』, 우리학교, 2015
- 김동식, 『세상에서 가장 약한 요괴』, 요다, 2018
- 김동식, 『회색 인간』, 요다, 2017
- 김지혜, 『선량한 차별주의자』, 창비, 2019
- 나태주, 『풀꽃』, 지혜, 2014
- 다부사 에이코, 윤지영 옮김, 『욱하는 나를 멈추고 싶다』, 이마, 2017
- 다자이 오사무, 김춘미 옮김, 『인간 실격』, 민음사, 2014
- 박상기, 『옥수수 뺑소니』, 창비, 2017
- 박찬일, 『지중해 태양의 요리사』, 창비, 2009
- 서현숙·허보영, 『독서동아리 100개면 학교가 바뀐다』, 학교도서관저널, 2019
- 소복이, 『소년의 마음』, 사계절출판사, 2017
- 손흥민, 『축구를 하며 생각한 것들』, 브레인스토어, 2019
- 스미노 요루, 양윤옥 옮김, 『너의 췌장을 먹고 싶어』, 소미미디어, 2017

- 알퐁스 도데, 정윤희·박효은 옮김, 『별』, 인디고출판사, 2016
- 윤동주, 『하늘과 바람과 별과 시』, 소와다리, 2016
- 은유, 『알지 못하는 아이의 죽음』, 돌베개, 2019
- 이종철, 『까대기』, 보리, 2019
- 이희영, 『페인트』, 창비, 2019
- 장은주 외, 『슬기로운 미디어생활』, 우리학교, 2018
- 정세랑, 『청기와주유소 씨름 기담』, 창비, 2019
- 정은정, 『대한민국 치킨전』, 따비, 2014
- 정현종, 『광휘의 속삭임』, 문학과지성사, 2008
- 최영희, 『너만 모르는 엔딩』, 사계절출판사, 2018
- 탁경은, 『사랑에 빠질 때 나누는 말들』, 사계절출판사, 2019
- 탁경은, 『싸이커』, 사계절출판사, 2016
- 한재훈, 『서당공부, 오래된 인문학의 길』, 갈라파고스, 2014
- 함민복, 『모든 경계에는 꽃이 핀다』, 창비, 1999

소년을 읽다

2021년 1월 25일 1판 1쇄
2023년 9월 30일 1판 6쇄

지은이	서현숙
편집	김태희, 장슬기, 이은, 김아름, 이효진
디자인	김효진
제작	박흥기
마케팅	이병규, 이민정, 최다은, 강효원
홍보	조민희
인쇄	천일문화사
제책	J&D바인텍

펴낸이	강맑실
펴낸곳	(주)사계절출판사
등록	제406-2003-034호
주소	(10881) 경기도 파주시 회동길 252
전화	031)955-8588, 8558
전송	마케팅부 031)955-8595 편집부 031)955-8596
홈페이지	www.sakyejul.net
전자우편	literature@sakyejul.com
인스타그램	instagram.com/sakyejul

ISBN 979-11-6094-708-3 03810